멱운 장편 소설
FUSION FANTASTIC STORY

진공
삼국지

전공 삼국지 3

멱운 장편 소설

초판 1쇄 찍은 날 §2015년 9월 4일
초판 1쇄 펴낸 날 §2015년 9월 11일

지은이 §멱운
펴낸이 §서경석

편집책임 §한준만

펴낸곳 §도서출판 청어람
등록번호 §제387-1999-000006호
등록일자 §1999. 5. 31
어람번호 §제1-2219호

주소 §경기도 부천시 원미구 부일로 483번길 40 서경B/D 3F (우) 420-822
전화 §032-656-4452 팩스 §032-656-4453
http://www.chungeoram.com
E-mail §chungeorambook@daum.net

ISBN 979-11-04-90395-3 04810
ISBN 979-11-04-90353-3 (세트)

3

멱운 장편 소설

FUSION FANTASTIC STORY

진공

삼국지

도서출판 청어람

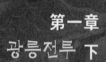

第一章

광릉전투 下

깊은 가을밤 이경이 지나자 날은 이미 어두컴컴해지고 사위가 정적으로 뒤덮였다. 인적 하나 없는 이 밤에 굳게 닫혀 있던 광릉성 서문이 조용히 열리고 다리가 조심스럽게 내려왔다. 이어서 완전무장한 군사들이 마치 유령처럼 성을 나와 광릉성 서문 앞에 대오를 이루고 집결했다.

이들이 모두 빠져나오자 성문이 다시 닫히고 다리가 올라갔다. 낮은 목소리로 명령을 교환한 이들은 숨죽인 채 열을 맞춰 5리 밖 손책군 영채를 향해 나아갔다.

이따금 성벽의 횃불에 비친 이들의 깃발에는 희미하게 '군자' 두 글자가 씌어 있는 것이 보였다.

달빛 한 점 없는 새카만 야음을 틈타 군자군은 손책군 영채 입구까지 다다랐다.

그제야 군자군을 발견한 손책군 초병이 징을 쳐 적의 침입을 알리려고 할 때, 이미 만반의 준비를 갖춘 군자군은 영채 위 손책군 초소를 향해 일제히 화살 세례를 퍼부었다. 일부 군사가 영채 앞으로 달려가 영채 문을 활짝 열어젖히자 군자군은 함성을 지르며 벌 떼처럼 손책군 군영을 시살해 들어갔다.

군자군은 닥치는 대로 불을 놓으며 흰색 장막으로 둘러진 손책군 중군 대영을 향해 곧장 내달렸다. 그런데 대영에 다다라 보니 안은 텅텅 비어 적군은 개미새끼 한 마리도 보이지 않는 것 아닌가. 이에 군자군 대장은 적의 계략에 빠졌음을 알고 큰소리로 병사들에게 외쳤다.

"적의 계략이다! 빨리 철수하라!"

이때 와 하는 함성 소리가 사방에서 들려오며 어둠을 뚫고 손책군이 쏟아져 나왔다. 선두에 선 일원 대장은 바로 손책군 맹장 황개였다. 황개는 철편을 휘두르며 큰소리로 웃음을 터뜨렸다.

"도응 놈아, 네놈은 우리 소장군의 계략에 떨어졌다! 얼른 말에서 내려 투항한다면 목숨만은 살려주겠다!"

황개는 하늘이 내린 좋은 기회를 놓칠세라 병사들을 재촉해 군자군을 포위하고 일제히 공격을 퍼부었다.

어쩔 줄 몰라 우왕좌왕하던 군자군은 손책군의 칼과 창 아래 처절한 비명을 지르며 쓰러졌다. 군자군은 사력을 다해 활로를 찾아 도망쳤지만 이미 한당을 비롯해 수많은 동료를 잃은 손책군은 눈이 뒤집혀 적을 전멸할 기세로 달려들었다.

군자군이 적의 공격을 막아내며 가까스로 손책군 영채 문 앞까지 빠져나왔을 무렵, 이번에는 방금 전까지 아무도 없었던 영채 양옆에서 화광이 일어나며 손책군 두 부대가 뛰쳐나왔다. 포위망에 겹겹이 둘러싸인 군자군은 대부분 전의를 상실해 뿔뿔이 흩어져 달아나기 시작했다.

일부 군사만이 대오를 이뤄 군자군 대기가 빽빽이 꽂힌 곳을 향해 필사적으로 나아갔다. 손책군은 도주하는 군자군을 베어 죽이고 포위망을 점점 좁혀가며 적에게 빠져나갈 틈을 주지 않았다.

한편 손책군 대영 오른편 고지에서는 얼굴이 파리해 마치 십 년은 더 늙어 보이는 손책이 사륜 수레에 앉아 냉랭하게 전장을 관찰하고 있었다.

손책의 좌우에는 광릉성 북문에서 구사일생으로 살아 돌아온 주유와 수춘에서 어젯밤에야 도착한 손견의 옛 종사관 주치가 나란히 서 있었다.

주치는 손책에게 원술이 갑자기 회군을 명한 진상과 기령이 현재 3만 대군을 이끌고 동진한다는 사실을 알리기 위해 수춘에 처자식까지 두고 온 충신이었다.

전장을 유심히 바라보던 손책은 자군의 승리가 확정적임에도 전혀 기쁜 내색을 하지 않고 곁에 있는 주유에게 물었다.

"공근, 우리가 포위한 저 군자군 중에 과연 도응이 있겠는가? 우리에게 포위된 저 군대가 진짜 군자군이 맞는 겐가?"

주유도 고개를 갸웃하며 대답했다.

"글쎄요. 군자군이 아무리 근접전을 싫어하고 근접전 능력이 떨어진다 해도 저 군대는 너무 나약하고 쉽게 무너지는 감이 있습니다. 그래서 도응이 정말로 우리 계략에 떨어졌는지, 저 중에 진짜 도응이 있는지는 판단이 잘 서지 않습니다."

"비겁한 놈, 정말 간사하기 짝이 없구나!"

손책은 욕을 퍼붓더니 코웃음을 치며 말했다.

"흥, 저 안에 도응이 있든 없든 상관없다. 매복해 있는 군사를 동원해 저들을 쓸어버리면 어쨌든 아군의 사기는 다시 올라갈 테니 말이야."

주유가 고개를 끄덕일 때, 옆에 있던 주치가 먼 곳을 가리키며 손책에게 소리쳤다.

"소장군, 저길 보십시오. 광릉성에서 적군이 또 나옵니다!"

손책과 주유가 고개를 들어보니 동쪽에서 횃불이 밝게 빛

나며 일단의 군대가 이쪽을 향해 돌격하고 있었다. 이 광경을 본 손책은 기쁜 기색을 드러내며 외쳤다.

"옳거니! 이번 야전에서는 적을 대파할 수 있겠구나! 공근, 얼른 신호를 보내 정보의 복병에게 출격을 명하게. 총공세를 펼쳐 반드시 적을 최대한 많이 살상해야 하네!"

주유가 즉시 응답하고 곁에 있는 병사에게 횃불을 들어 신호를 보내라고 명했다. 이에 영채 오른쪽 외곽에 매복해 있던 정보의 군대가 구원 나온 광릉 군대를 향해 돌진해 들어갔다. 하늘을 울리는 함성 소리가 어둠 속에서 빠르게 메아리쳐 퍼져 나갔다.

"와! 적군을 몰살하고 도응을 사로잡아라! 한 장군의 원수를 갚자! 죽여라—!"

이와 동시에 영채 문 앞에서 군자군을 포위 공격하던 손책군도 신속하게 군대를 두 갈래로 나누었다. 한 부대는 계속해서 군자군을 포위 공격하고, 다른 한 부대는 동쪽으로 방향을 틀어 구원 나온 적군을 향해 기세등등하게 돌격했다.

그런데 함성을 지르며 맹렬히 돌진하던 손책군은 그 자리에 그대로 얼어붙고 말았다. 눈앞에 생전 처음 보는 기이한 광경이 펼쳐졌기 때문이다.

죽창을 든 광릉 군사 수백 명이 5열 횡대로 정연하게 줄을 맞춰 서 있는 것이 아닌가.

제1열의 죽창 길이는 한 길 반(약 5미터)이었고, 제2열의 죽창 길이는 두 길(약 6.5미터)이었는데 창대를 제1열 병사의 어깨 위에 올려놓고 있었다. 제3열의 죽창 길이는 두 길로 45도 각도로 비스듬히 허공을 향했다. 제4열과 5열의 죽창 길이는 두 길 반(약 8.25미터)으로 하늘을 향해 곧게 들고 있었다. 수백 명으로 구성된 이 장모진(長矛陣)은 마치 거대한 고슴도치와 같았다.

"저렇게 긴 창을 어디에 쓰려는 거지?"

손책군 병사들은 의심의 눈초리로 이를 바라보고 있었다. 일촌(一寸)이 길면 일촌이 강하다고 하지만 저 죽창은 너무 길지 않은가? 전투 중에 과연 저걸 들고 싸울 수 있을까?

손책군이 이 해답을 찾는 데는 그리 오랜 시간이 걸리지 않았다.

장모진 뒤에 있던 서성이 횃불을 들어 신호를 하자 거대한 장모진이 척척 대형을 갖추고 적진을 향해 곧바로 전진했다.

멍하니 서 있던 손책군 병사들은 피할 틈도 없이 죽창에 그대로 몸이 꿰뚫렸다. 허둥지둥 죽창 하나를 막아보지만 눈 깜빡할 사이에 두 번째, 세 번째 죽창이 다가와 몸을 관통했다.

장병기는 그 길이와 무게 때문에 굼뜨고 조절하기도 쉽지 않다. 충분한 공간이 나오지 않으면 후려치기에도 힘이 실리지 않는다. 창첨(槍尖)만 쳐내도 무력화되는 것이다. 하지만 문제는 죽창들이 마치 고슴도치처럼 **빽빽**하다는 점이었다. 한두 개라면 어떻게라도 피해보겠지만 이건 피해낼 방도가 아예 없었다.

손책군은 처절한 비명을 지르며 연이어 바닥에 쓰러졌다.

전마를 탄 장수들의 상황은 더욱 처참했다. 먼저 죽창에 찔린 말이 무릎을 꿇고 바닥에 쓰러지면 연이어 죽창이 다가와 사람과 말을 동시에 관통해 인마가 함께 피를 뿜으며 목숨을 잃었다.

물론 손책군도 장모진을 깰 방법을 찾지 못한 것은 아니었다. 하지만 그들이 장모진의 약점인 양 측면과 후방을 기습하려고 할 때, 거기에는 서성이 이끄는 중무장한 기병이 떡 버티고 있었다.

소수의 인원으로는 이들을 대항하기 어려워 장수들이 전군에 좌우로 갈라지라 명했지만 죽창을 피하기 **바빠** 진용이 크게 어지러워진 손책군의 귀에는 이 명령이 들어오지 않았다.

사실 이 방진을 구성하는 데는 서성의 공이 매우 컸다. 도응은 그에게 방진의 기본 형태와 운용 방식 정도만 일러주었을 뿐인데, 서성은 이를 심도 있게 연구하여 완벽에 가까운 대형을 만들어냈다.

우선 창의 길이를 보다 길게 만들어 살상력을 더욱 높였다는 점이고, 다음으로는 이 방진의 약점을 보완하기 위해 측면

과 후면에 기병을 배치했다는 점이다. 화살이나 투석 공격을
받으면 진용이 금방 와해되겠지만 지금 같은 근접전에서는 상
당한 위력을 발휘할 수 있었다.

장모진은 전열이 전혀 흐트러지지 않은 채 천천히 포위된
군자군 쪽을 향해 전진했다.

군자군을 포위 공격하던 손책군은 승세를 탄 김에 생전 처
음 보는 괴진(怪陣)을 향해 달려들었다가 순식간에 몸을 꿰뚫
리는 참변을 당했다.

손책군이 장모진의 창에 연이어 쓰러지자 수세에 몰렸던 군
자군은 사기가 크게 진작돼 손책군에게 반격을 가하기 시작했
다.

이로써 이번에는 외려 손책군이 앞뒤로 협공을 당하는 형
세에 몰리고 말았다. 앞에서는 군자군이 눈이 뻘겋게 충혈돼
돌격해 오고, 뒤에서는 고슴도치 같은 장모진이 압박해 오자
진퇴양난에 빠진 손책군은 좌우로 뿔뿔이 흩어져 달아나기
바빴다.

마침내 포위에서 풀려난 군자군은 원군과 합세해 함께 적
들을 시살해 나갔다.

고지에서 이 광경을 지켜보던 손책은 머리끝까지 화가 치밀
어 이성을 잃고 호령했다.

"명을 전하라! 사력을 다해 적을 봉쇄하고 반드시 도웅 놈

을 죽여라! 도응 놈의 목만 벤다면 광릉은 우리 차지가 될 것이다!"

주유가 한사코 만류했지만 손책은 전혀 말을 듣지 않았다. 손책의 명령이 떨어지자 정보는 전속력으로 옆으로 우회해 광릉군의 퇴로를 차단했다. 이에 광릉군도 새로 대오를 정비하기 시작했다.

우군의 엄호를 받아 행동이 굼뜬 장모진이 창끝을 하늘로 향하고 전방과 후방이 자리를 교체했다. 그런 다음 군자군과 중기병이 양익과 배후에서 계속 장모진을 엄호하며 동쪽을 향해 나아갔다.

손책군이 비록 전투 경험이 풍부하고 백병전에서는 절대적 우위를 보였지만 하나로 똘똘 뭉쳐 응집력을 발휘하는 광릉군을 단시간 내에 섬멸하기는 어려웠다.

특히 장모진의 위력을 실감한 터라 누구도 그 앞에 나서는 자가 없었다. 양군이 치열한 접전을 벌이는 동안, 광릉군은 광릉성 서문 1리 지점까지 다다랐다.

이에 가슴이 답답해진 손책은 주유의 만류를 무릅쓰고 또다시 직접 전장으로 나갔다. 친히 이번 포위 공격전을 지휘해 광릉군을 한 놈도 살려두지 않겠다며 이를 갈았다. 주유는 중병에 걸린 손책이 걱정돼 하는 수 없이 그를 따라나섰다.

손책과 주유가 전장에 당도했을 때 상황은 그리 만만치 않왔다. 수적으로 우위를 점한 손책군이 광릉군을 포위 공격하고 있음에도 시종 그들의 퇴각 발걸음을 막지 못하고 있었다.

황개와 정보 등이 군사들을 이끌고 여러 차례 돌격을 감행했지만 서성과 장현을 중심으로 하나로 뭉친 광릉 군대는 쉽사리 무너지지 않았다. 이에 손책은 벽력같이 화를 낸 후 주유에게 귀엣말로 명했다.

"공근, 당장 보병 일단을 이끌고 가 해자 근처에 매복해 있게. 광릉군이 성 가까이 가면 틀림없이 다리가 내려올 테니, 그 즉시 다리를 불살라 적의 퇴로를 차단하게. 내 이놈들을 들판에서 모두 섬멸하고 말 것이야!"

주유가 명을 받고 속히 부대를 이끌고서 서문 해자를 향해 달려갔다. 그런데 이때까지 계획에 빈틈이 없었던 광릉 수비군은 큰 실수를 저지르고 말았다. 바로 장모진을 이룬 원군이 출전한 후 다리를 거두어들이지 않았던 것이다.

이에 손책군은 서둘러 다리에 연결된 쇠사슬을 끊은 뒤 다리를 칼과 도끼로 부수고 불태워 버렸다. 광릉 수비군은 어둠 속에서 이를 발견하고 화살을 발사했지만 이미 때는 늦었다. 다리에서는 이미 화광이 충천하고 있었다.

손책은 다리를 끊었다는 소식을 듣고 소리 내 웃더니 큰소리로 명했다.

"전군은 들어라! 도응군을 해자 가까이 몬 다음 화살로 몰살할 것이다. 정보는 즉시 궁노수를 소집해 전방에 배치시키도록 하라. 그리고 전군은 전력을 다해 적군을 포위하라!"

바로 그 시각, 광릉성 북문에서는 750명의 진짜 군자군이 숙연히 말에 올라 도응의 출격 명령을 기다리고 있었다.

도응과 노숙은 한창 작전을 논의하는 중이어서 서쪽에서 나는 함성 소리가 귀에 들어오지 않았다. 이때 장광의 전령이 급히 달려와 서문의 상황을 보고했다.

서성과 장현이 거느린 광릉군이 서문 해자까지 채 1리도 남지 않은 지점에 이르렀고, 또 서문의 다리가 이미 손책군에 의해 불타 버렸다는 전갈이었다. 도응은 이 보고를 받고 미소를 지으며 혼잣말로 중얼거렸다.

"과연 다리를 불살라 버렸구나. 손책이 심사가 제대로 뒤틀렸구먼. 광릉군의 몰살시킬 생각인가 보군."

그러고는 장광이 보낸 전령에게 단단히 분부했다.

"돌아가 장광 장군에게 내가 성을 나가면 광릉성을 맡아달라고 전하라. 그리고 손책군 대영(大營)이 불타기 전에는 절대 비교(飛橋:바퀴가 달린 이동식 교량)를 내려 성에서 나오지 말라고 꼭 일러라. 또한 장현, 서성이 해자 근처까지 오면 투석기로 화탄(火彈)과 석탄(石彈)을 날려 응원하라고 하라!"

전령이 명을 받고 나가자 도응은 노숙에게 눈짓을 보냈다.

노숙은 그 뜻을 알아차리고 친병을 향해 소리쳤다.

"끌고 와라!"

친병은 항장 부영을 끌고 와 도응 앞에 무릎을 꿇렸다. 도응이 부영의 입에 물린 재갈을 풀어주라고 하자 부영은 다짜고짜 도응을 향해 욕을 퍼부어댔다. 하지만 도응은 이에 전혀 화를 내지 않고 웃으며 물었다.

"부 장군, 내가 그대의 거짓 항복을 어떻게 알았는지 궁금하지 않소?"

쉬지 않고 욕을 퍼붓던 부영은 이 말에 잠시 멈칫했지만 끝내 입을 열지는 않았다. 옆에 있던 노숙도 이 점이 몹시 궁금해 참지 못하고 먼저 물었다.

"공자, 부영의 거짓 항복을 대체 어찌 아셨습니까?"

"손책과 주유의 이 사항계(詐降計)는 정말 절묘했습니다. 부영의 말이 거의 모두 사실이었으니까요. 내 예상이 틀리지 않다면 손책이 화살을 맞아 발작 증세를 일으켜 군대를 통솔할 수 없었다는 것은 사실일 겁니다. 그래서 이틀 동안 손책군이 아무 움직임도 보이지 않은 것이고요. 주치가 수춘에서 보고하러 달려온 것도, 원술이 기령을 보내 손책을 잡아들이라고 한 것도 사실일 가능성이 높습니다. 이에 앞뒤로 공격을 받게 된 손책은 기령이 당도하기 전에 견고한 광릉성을 깰 가망이 없자 하는 수 없이 위험을 무릅쓰고 거짓 죽음과 거짓 항복을 생각해 낸 것입니다. 이를 통해 일거에 광릉성을 접수한 후 기령과 맞서려고 말입니다."

도응은 잠시 숨을 고르더니 웃으면서 말을 이었다.

"부영의 말이 대부분 진실인 데다 기령이 곧 당도하다는 기밀까지 밝히는 통에 저도 깜빡하면 속을 뻔했습니다. 하지만 부영은 한 가지 작은 실수를 범했습니다. 이 실수로 인해 공든 탑이 무너져 버린 것이죠."

이 말에 부영이 참지 못하고 물었다.

"내가 대체 무슨 실수를 범했단 말이냐?"

"내게 그대의 진짜 이름을 밝힌 것이 실수였소. 만약 아무 이름이나 대거나 다른 이름을 도용했다면 나도 분명 속았을 것이오. 그랬다면 손책의 사항계도 성공했겠지. 그대가 비록 무명소졸이라고 하나 수춘에 잠복해 있는 서주군 세작이 보낸 손책의 심복 명단에 바로 그대의 이름이 있었소! 그대가 본시 기령의 심복이라고 말했으니 어찌 거짓 항복을 눈치채지 못할 리가 있겠소?"

"아—!"

부영은 도응의 설명을 듣고 하늘을 향해 절망의 외마디 비명을 질렀다. 하지만 후회해도 때는 이미 늦었다. 곁에 있던 노숙과 도기, 연빈 등도 이 말을 듣고 도응의 주도면밀함과 예리한 안목에 감탄해 마지않았다.

사실 세작의 보고는 없었고 도웅은 부영이 투항하러 왔을 때 바로 그의 정체를 알아채지 못했다.

논문을 위해 여러 종류의 〈삼국지〉를 두루 섭렵한 덕에 조금만 깊이 생각했다면 알 수 있는 내용이었지만 온 정신을 손책에게만 집중하고 있었던 탓에 자칫 놓칠 뻔한 내용이었다. 게다가 손책이 죽었다는 말까지 듣자 흥분된 마음에 이성적인 판단을 내리기 어려웠다.

그런데 기시감 탓인지 그 와중에도 부영이란 이름이 머릿속에 계속 맴돌다가 어느 순간 그가 누군지 비로소 깨닫게 되었다.

정사에 나온 바에 따르면, 그는 손책의 동생인 손익(孫翊)의 심복이었다. 건안(建安) 10년(205년) 손익이 단양태수로 있을 때 대원, 규람에게 살해되었는데, 이들이 손익의 부인 서씨(徐氏)까지 겁탈하려 하자 손고(孫高)와 함께 이들을 죽여 주인의 원수를 갚은 자다. 즉 그는 손씨 가문에 충성을 바친 충신이었다.

지금으로부터 한참 미래의 일이기에 이런 사실을 사람들 앞에서 밝힐 수 없었던 도웅이 위의 대답으로 대충 둘러댔던 것이다.

이때 노숙이 또 한 가지 의문을 제기했다.

"현재 아군과 적군의 병력 차가 크지 않다고는 하지만 아군은 새로 항복한 착융의 병사들이 다수인 데다 전투력이나 사기가 높지 않아 손책 강군의 적수가 되지 못합니다. 다만 아군은 양초가 충족하고 성이 견고한 반면, 적군의 양초는 기껏해야 스무 날 정도밖에 버틸 수가 없습니다. 이런 상황이라면 성을 굳게 지키며 시간을 끌기만 해도 머지않아 대승을 거둘 수 있습니다. 그런데 왜 군이 위험을 무릅쓰고 출격해 아군의 사상자를 늘리고 손책에게 야전에서 승리할 기회를 주는 것입니까?"

"여기에는 많은 이유가 있지만 목적은 단 한 가지입니다. 바로 손책에게 권토중래할 기회를 주지 않기 위함입니다! 제 예측이 맞는다면 기령이 3만 대군을 이끌고 동진한다는 이자의 말은 분명 거짓이 아닐 겁니다. 그렇지 않다면 손책이 손씨의 충신을 희생하면서까지 광릉을 빼앗으려 달려들었을 리 없습니다. 그리고 수춘에서 광릉까지의 거리는 약 7백 리로, 정상적으로 행군한다면 열흘이면 광릉성 아래에 당도합니다. 이는 곧 손책의 양초가 다 떨어지기도 전에 기령이 광릉에 다다른다는 뜻입니다. 이렇게 봤을 때, 광릉의 전세에는 세 가지 가능성이 나타날 수 있습니다."

도응은 잠시 생각을 정리하는 듯 말을 고르다 입을 열었다.

"첫 번째 가능성은 기령과 손책 간에 내분이 일어나 아군이 어부지리를 취하는 것입니다. 하지만 손책과 기령이 바보가 아닌 이상, 아군에게 이런 좋은 기회를 내줄 리 없습니다. 특히 앞뒤로 공격을 받게 되면 손책으로선 아주 난감한 상황을 맞이하게 되겠지요. 병력은 정예롭지만 양식이 부족한 데다 발붙일 땅 한 조각 없는 상태에서 절대 기령과 말썽을 일으키려 하지 않을 것입니다. 두 번째 가능성은 우리에게 된통 당한 손책이 삶을 도모하기 위해 순순히 기령에게 병권을 넘기는 것입니다. 그런 다음 자신은 이번 전투에서 손을 떼고 넓은 세상으로 나와 몇몇 심복들과 함께 재기를 노릴 것입니다. 그렇다면 손책군을 편입한 기령은 어떨까요? 십중팔구 광릉성을 공격할 테니 아군은 또 다른 강적을 맞는 꼴이 됩니다. 세 번째 가능성은 이렇습니다. 손책이 기령 앞에서 억울함을 호소하고 자신은 절대 원술을 배반해 자립할 뜻이 없다고 강력히 부인하는 것입니다. 그런 다음 자신의 결백을 증명하기 위해 선봉에 서서 전력으로 광릉성을 공격할 것입니다. 앉아서 어부지리를 얻을 수 있는 기령이야 당연히 손책의 요청을 받아들일 테고요. 이렇게 된다면 아군은 막다른 골목에 몰려 발악하는 손책과 병력이 막강한 기령, 둘씩이나 상대해야 해 더욱 힘든 상황에 처할 것입니다. 손책의 성격상 이런 상황이 발생할 가능성이 크진 않지만……."

노숙은 도응의 조리 정연한 분석을 듣고 뭔가 깨달은 듯 무릎을 치며 말했다.

"이제야 알겠습니다. 공자께서는 세 번째 가능성이 발생할까 염려하신 거군요. 그래서 손책의 조급한 심리를 이용해 장계취계(將計就計)를 쓴 것이고요. 단 한 번의 전투로 손책을 격파해 권토중래할 기회를 주지 않고, 또 기령과 연합할 기회를 원천 봉쇄하려는 심산이로군요."

이어 도응은 한마디를 더 덧붙였다.

"그 김에 군사를 훈련시킬 목적도 있었습니다. 광릉성 군대가 대부분 새로 편입한 착용의 항병이지만 전 조만간 이들을 크게 중용해 주력군으로 만들 계획을 가지고 있습니다. 그래서 일부러 이들을 사지에 몰아넣어 의지를 시험하려고 한 것입니다. 이 정도 시련도 감내해 내지 못한다면 어찌 군자군의 칭호를 얻을 수 있겠습니까?"

서성의 원군이 나가고 광릉성 서문의 다리를 올리지 않은 것은 사실 도응의 명에 따른 것이었다. 도응은 손책이 광릉군을 해자 가까이 몰아가면서 이들을 일망타진할 목적으로 다리를 끊을 것이란 사실을 미리 계산에 넣고 있었다. 이에 부러 손책군에게 다리를 불사르게 해 광릉군의 의지와 전투력을 키워주려 했던 것이다.

노숙은 고개를 끄덕이며 찬탄한 후 도응에게 공수하며 말했다.

"공자의 절륜한 지모와 빈틈없는 묘산은 신이 도저히 따라갈 수가 없습니다. 군사의 직책이 부끄러울 따름입니다."

도응 역시 빙그레 웃으며 말했다.

"군사는 너무 겸손해하지 마십시오. 사람은 누구나 자기만의 장점이 있게 마련입니다. 저는 다만 전술적인 면에서 음모를 꾸미는 데 능할 따름입니다. 하지만 군사는 전략적인 면에서 광명정대한 양모(陽謀)를 펼치는 데 뛰어나지 않습니까? 제가 바로 설 수 있도록 군사가 잘 이끌어 주셔야 합니다."

도응과 노숙이 서로를 치켜세우는 사이, 공격에 나설 시간도 얼추 가까워졌다. 서성과 장현 등이 손책의 주력 부대를 본영에서 거의 유인해 냈을 때가 되자, 도응은 자신 앞에 무릎을 꿇고 있는 부영에게 다가가 온화한 목소리로 말했다.

"부영 장군, 그대에게 진짜로 투항할 기회를 주겠소. 군량 창고가 대영 어디에 있는지 알려준다면 목숨을 살려주고 벼슬을 내리리다."

"……!"

부영은 땅바닥에 침을 뱉으며 도응의 회유에 코웃음을 쳤다.

도응은 고개를 돌려 노숙을 바라보며 말했다.

"자경, 보셨소이까? 제가 왜 손책 심복의 거짓 항복을 확신했는지 말입니다. 저들은 쉽게 주인을 배반할 자들이 아닙니다. 그런 점에서 보면 손책은 참 복이 많은데 명이 짧은 것이

한스러울 따름입니다."

노숙은 도응의 말에 고개를 끄덕이며 웃음으로 화답했다.

도응은 부영을 돌아보며 말했다.

"그대는 만고의 충신이나 좋지 못한 때에 나를 만나게 되었구나. 비록 이렇게 보내지만 그대의 의기는 길이 기억하도록 하겠다."

도응은 친병에게 부영의 목을 베 제사를 올리라고 명한 후 벌써부터 단단히 벼르고 있는 군자군 장사들을 향해 큰소리로 외쳤다.

"제군들, 일전에 격퇴한 착융은 우리 명성에 하등 도움도 되지 않는 약한 적이었다! 오늘밤이야말로 우리 군자군의 이름을 천하에 알리고, 우리의 진정한 능력을 시험할 첫 번째 전투가 될 것이다!"

도응의 외침에 750명 군자군은 일제히 와 하고 함성을 질러댔다.

"수고스럽겠지만 광릉성은 군사가 장광 장군을 도와 잘 맡아주시오."

도응은 노숙에게 당부한 후 말에 올라 칼을 뽑아 들고 호령했다.

"각종 무기와 화약, 비화창을 제대로 챙겼는지 점검하고 보고하라!"

"도기 부대, 점검 완료했습니다!"

"연빈 부대, 점검 완료했습니다!"

"우상 부대, 점검 완료했습니다!"

"진덕 부대, 점검 완료했습니다!"

"이명 부대, 점검 완료했습니다!"

"좋다. 성문을 열어라! 목표는 손책군 대영이다! 손책군을 섬멸하고 양초와 치중을 모조리 불살라 버려라! 군자군은 출격하라!"

＊　　　　　＊　　　　　＊

군자군이 광릉성 북문을 나왔을 때, 서문 전장은 고비를 맞고 있었다. 서문의 다리가 불타 버린 것을 본 광릉군은 돌아갈 길이 끊기자 두려움에 벌벌 떨었다. 이에 많은 병사가 살길을 찾아 앞다퉈 대오를 이탈했다. 하지만 이들을 기다리고 있는 것은 너른 해자의 강물과 손책군의 칼뿐이었다.

성을 나온 3천 군사 중 다수는 착용의 항병이었다. 그나마 다행히 장현이 거느린 6백 군사는 장광이 서주에서 이끌고 온 서주 고참병이라 전투력도 강했고 응집력도 비교적 높았다. 또한 서성 휘하의 3백 군자군 보병이 펼친 장모진을 손책군이 완벽히 깨부수지도 못했다. 이에 손책군은 광릉군을 신속히 격퇴하지 못한 채 그저 포위 공격만 가할 뿐이었다.

그런데 이때 주유는 퇴각하는 광릉군에게서 좀 이상한 점을 발견했다. 곤경에 처한 광릉군이 서문 다리가 불탄 상황에서도 남문이나 북문으로 방향을 바꾸지 않고 계속 서문으로 이동한다는 것이었다.

이에 주유가 급히 손책을 경계시키며 말했다.

"백부, 좀 이상하지 않습니까? 수세에 처한 광릉군이 굳이 다리가 불탄 서문 쪽으로 조금씩 퇴각하는 것이 혹여 속임수가 있지 않을까 의심됩니다. 이런 급박한 상황에서 도응이 코빼기 한 번 비치지 않는 것도 미심쩍고요."

"음……."

이 말에 손책은 눈살을 찌푸렸다. 하지만 금세 냉정을 되찾고 말했다.

"도응이 아무리 꿍꿍이를 부려도 이제는 어쩔 수 없을 걸세. 적이 해자 가까이까지 가고, 정보가 곧 궁노수를 소집해 오면 아무리 날고 기는 재주가 있다고 해도 화살에 맞아 죽거나 물에 빠져 죽는 것 외엔 도리가 없네."

이 말이 떨어지기 무섭게 정보가 3백 궁노수를 이끌고 전장에 당도했다. 또 서문을 향해 후퇴하던 광릉군도 해자까지의 거리가 채 백여 걸음이 남지 않았다. 손책은 궁노수가 도착하자 횃불을 들어 군사들에게 공격을 멈추고 뒤로 물러서라고 명했다.

손책군이 뒤로 물러서는 사이에 광릉군도 다리가 끊어진 해자 바로 앞까지 이르렀다. 이런 절체절명의 위기의 순간에도 서성과 장현은 선두에 서서 결연한 표정으로 손책군을 응시했다. 손책은 도응군을 독 안에 든 쥐로 몰아넣고 회심의 미소를 지었다. 이제 광릉성 옹성에서 당한 복수를 할 차례였다. 손책은 즉각 궁노수를 앞쪽에 배치하고 사격 명령을 내렸다.

바로 이때였다.

─쾅! 쾅! 쾅!

갑자기 괴이한 굉음이 울리더니 광릉성 안에서 불덩어리 5개가 어둠을 뚫고 날아와 3~4백 보 거리나 되는 손책군 진영에 그대로 떨어졌다. 불덩어리에 맞은 병사는 불에 탈 틈도 없이 그 자리에서 압사를 당했고, 주변의 병사들은 불길이 옮겨 붙어 비명을 지르며 길길이 뛰기 시작했다. 그리고 불길이 하늘로 솟구치며 손책군 진영이 환하게 밝아졌다.

느닷없는 불덩이에 손책이 대경실색하며 소리를 질렀다.

"저 멀리서 날아온 것이 대체 뭐란 말이야?"

*　　　*　　　*

한편 도응은 7백여 군자군은 야음을 틈타 손책군 대영 후 방으로 몰래 돌아갔다. 손책군 주력 부대는 이미 광릉성 서문 전장에 투입돼 영채 안에는 1천 5백 명도 안 되는 군사가 남 아서 지키고 있었다.

이들은 후방에 설마 적이 나타나겠느냐 싶어 초소 몇 개만 설치한 채 울타리를 감시했다. 순라를 도는 병사들의 숫자조 차 변변치 못했다.

군자군은 먼저 화살로 초소를 지키는 병사들과 순라를 도는 병사들을 쏘아 맞혔다. 이후 신속하게 울타리에 삼밧줄 10여 개를 묶고 말을 채찍질해 밧줄을 당기자 나무로 된 울타리는 뿌리까지 뽑혔다. 도응이 칼을 들어 신호하자 7백여 군자군은 함성을 지르며 영채에 불을 놓고 손책 대영을 시살해 들어갔다.

이때 대영에 머물던 손책군 장수 환계(桓階)는 함성 소리에 놀라 혼몽지간에 급히 군사를 모아 적을 맞이하러 나갔다. 그 런데 환계가 군자군과 맞닥뜨렸을 때, 그들의 손에는 평소 자 주 쓰던 활과 화살이 아니라 장창이 들려 있었다. 환계는 황 급히 창을 들고 군사들을 향해 외쳤다.

"적의 침입이다! 막아라!"

환계의 부하들은 함성을 지르며 군자군을 향해 달려가다가 그만 발길을 멈추고 말았다. 군자군의 장창 끝에서 한 길이나 되는 화염이 뿜어져 나왔기 때문이다.

생전 처음 보는 무기에 환계의 병사들은 하나같이 놀라며 잇달아 화염을 맞고 혼란에 휩싸였다.

선두에 선 진덕의 중기 부대가 말을 달려 적진으로 돌격해 들어갔다. 이들은 천 년이나 앞선 비화창을 적군 안면을 향해 발사한 다음 예리한 창끝으로 적군을 찔러 죽였다.

수많은 손책군 병사들은 고열의 철 부스러기를 분사하는 화염에 얼굴을 맞고 두 눈이 실명돼 고통의 비명을 지르며 두 손으로 눈을 감쌌다. 이때 날카로운 창이 날아와 손과 얼굴을 함께 관통했다.

이처럼 적진을 유린하던 진덕은 환계를 발견하고 곧장 말을 몰아 달려가면서 크게 소리쳤다.

"도적놈아! 당장 목숨을 내놓아라!"

둘의 거리가 채 가까워지기도 전에 진덕의 창에서 화염이 날아와 환계의 얼굴에 분사되었다.

황망한 표정으로 서 있던 환계의 얼굴에 화염이 그대로 적중하며 고열의 철 부스러기가 눈으로 들어갔다. 그제야 비명을 지르며 말에서 굴러 떨어진 환계의 목으로 진덕의 장창이 내리꽂혔다.

일찍이 손견의 시신을 유표에게 요구해 손가로 가져오는 대공을 세웠던 환계는 어이없는 장소에서 비참한 죽음을 맞았다.

이미 비화창에 간담이 서늘해진 손책군 병사들은 환계가 죽자 뿔뿔이 흩어져 도망가기 바빴다. 군자군은 승세를 타고 장막과 수레에 닥치는 대로 불을 놓는 동시에 손책군 병사를 잡아 식량 창고가 있는 곳을 대라고 위협했다.

이렇게 해서 식량 창고가 군영 오른쪽 구석에 숨겨져 있는 것을 알아낸 군자군은 파죽지세로 손책군을 베며 우영을 향해 돌진했다.

식량 창고를 지키던 정보의 아들 정자(程咨)가 필사적으로 군자군의 공세를 막아보았지만 결국 그 역시 비화창에 두 눈을 잃고 창에 난자당해 죽고 말았다.

군자군은 장수를 잃고 우왕좌왕이 된 손책군을 시살하며 식량 창고를 향해 곧장 내달렸다. 곧 이어 손책군의 식량 창고에서 화광이 충천하며 짙은 연기가 온 하늘을 뒤덮었다.

*   *   *

이 시각 손책은 서성과 장현의 광릉군을 해자까지 몰아 화살로 몰살하려고 계획했는데, 뜻밖에 날아온 불덩어리에 진영이 크게 어지러워졌다.

무게가 150근이나 나가는 거대한 석탄(石彈)이 하늘에서 연이어 떨어지자 손책군 진영에서는 처절한 비명 소리와 함께 핏방울이 사방으로 튀었다. 손책군 병사들은 언제 또 이 무시무시한 불덩어리가 날아올지 몰라 공격을 제쳐 두고 잔뜩 겁을 집어먹은 채 하늘만 바라보고 있었다.

"또 날아온다! 빨리 피해라!"

병사들이 고함을 지르는 사이에 거대한 석탄이 다시 손책군 진영에 떨어졌다.

이에 혼비백산이 된 병사들이 사방으로 흩어지고, 몇몇은 아예 깃발과 무기를 버리고 달아나 버렸다. 이 광경을 보고 있던 손책은 도웅의 농간에 화가 머리끝까지 치밀어 군사들을 향해 소리쳤다.

"놀라지 말고 침착하게 대오를 정비하라! 그리고 각 장수들은 달아나는 자가 있다면 그 자리에서 목을 베어라! 적의 투석 무기는 많지 않을 것이니 겁먹을 필요 없다! 계속 진공하면 승리는 우리 것이 될 것이다!"

손책이 군사들을 독려하며 궁노수에게 다시 명을 내리려는 순간, 온몸에 피칠갑을 한 손책군 몇몇이 달려와 손책에게 보고했다.

"소장군, 큰일 났습니다! 아군, 아군 대영이 지금 불타고 있습니다!"

"뭐? 우리 대영이 불타고 있다고?"

병색이 짙은 손책의 얼굴이 더욱 창백해지며 뒤를 돌아보자, 과연 자신의 대영에서 불길이 치솟고 있었다. 더욱이 식량을 쌓아놓은 우영에서는 화광이 충천해 짙은 연기가 하늘을 뒤덮고 있었다.

손책은 적의 계략에 떨어졌다는 생각이 들자 가까스로 버티던 몸이 휘청하더니 앞으로 푹 고꾸라졌다. 주유 등이 급히 달려가 손책을 부축하고 있을 때, 대영에서 다시 병사 하나가 나는 듯이 달려와 무릎을 꿇고 절망적인 목소리로 부르짖었다.

"소장군, 우리 주력군이 영채를 비운 틈을 타 도응 놈이 직접 군자군을 이끌고 아군 대영을 습격했습니다! 아군의 양식 창고를 불살라 양초와 치중에 모두 불이 붙었습니다!"

손책은 가까스로 몸을 일으키며 미친 듯이 소리를 질렀다.

"환계와 정자는 적을 막지 않고 뭘 하고 있었단 말이냐! 대체 뭘 하고 있었길래 적이 불을 놓도록 쳐다보고만 있었단 말이냐! 네 이놈들을 능지처참으로 벌하고 말리다!"

그러자 병사가 울면서 대답했다.

"환 장군과 정 장군은 모두 변을 당했습니다. 도응 놈의 불을 뿜는 괴이한 창에 두 장군은 미처 피할 새도 없이 눈에 화염을 맞고 적의 창에 난자당했습니다. 두 장군이 죽자 대오가 크게 어지러워져 적의 공격에 완전히 붕괴되고 말았습니다!"

"…도응! 네 이노옴!!"

가련한 손책은 이 말을 내뱉은 후 입에서 선혈이 뿜어져 나오고 화살에 맞은 다리의 상처가 터지면서 그대로 혼절해 버렸다.

"백부! 백부!"

주유는 울음 섞인 목소리로 손책을 흔들어 깨웠지만 손책은 미동도 하지 않았다. 주유의 눈에서는 뜨거운 눈물이 주체할 수 없이 흘러내렸다.

수춘에서는 기령이 3만 대군을 이끌고 손책을 잡으러 오고 있고 광릉성은 난공불락이라 깨기도 어려운데 설상가상으로 식량까지 불탔으니, 아무리 지모가 뛰어난 주유라 하더라도 어찌해 볼 도리가 없었다.

아군 대영에 불길이 치솟는 것을 바라보던 손책군 병사들은 하나같이 싸울 마음을 잃어 군심이 흐트러지기 시작했다. 선봉에 서서 광릉군을 공격하던 황개와 정보마저 군사를 물려 손책에게 다가와 다음 명령을 기다렸다.

하지만 손책이 이미 기절해 의식을 잃은 터라 주유가 그를 대신해 전군에 철수 명령을 내렸다. 이 상황에서 공격에 나서는 건 무모하기 짝이 없는 작전이었다.

철군 명령이 떨어지자 군심이 크게 꺾인 손책군은 고두리에 놀란 새처럼 허겁지겁 대영을 향해 내달렸다.

이때 광릉성 안에 있던 장굉은 도응의 기습이 성공한 것을 확인한 후 즉각 성문을 열어 비교(飛橋)를 내렸다.

서성과 장현의 도움으로 비교가 설치되자 장광은 노숙에게 광릉성을 부탁한 다음 친히 서주 정예병을 이끌고 출진해 서성, 장현과 함께 손책군을 추격했다.

순식간에 승패가 바뀌어 공격하는 쪽이 이제는 오히려 공격을 당하는 신세로 전락하고 말았다.

앞에서는 영채가 화광에 휩싸여 있고, 뒤에서는 광릉군이 맹렬히 추격해 오자 전의를 완전히 상실한 손책군은 앞다퉈 달아나기 바빴다.

두려움에 떠는 패잔병들은 이미 조직이 완전히 와해돼 동료들끼리 서로 밟고 밟히며 아수라장을 방불케 했다.

여기저기서 처절한 비명 소리와 고함 소리가 터져 나오며 혼란에 빠지자, 장광과 서성 등은 승세를 타고 군사를 몰아 손책군 후방을 유린하기 시작했다. 광릉군의 칼과 창에 쓰러진 자가 셀 수 없었고, 무기를 버리고 투항한 자도 부지기수였다.

손책군이 장수와 병사를 꺾이며 겨우 대영에 이르렀을 때, 영채는 이미 화마가 휩쓸고 가 남은 것 하나 없이 불타 버렸다.

이에 주유와 황개 등은 하는 수 없이 영채를 버리고 장강 방향을 향해 도주하기 시작했다.

장광과 서성 등은 손책군에게 조금도 쉴 틈을 주지 않기 위해 급히 이들의 뒤를 쫓았다. 또한 도응까지 군자군을 이끌고 추격군과 합세했다.

第二章

궁지에 몰린 손책

　손책군을 추격하던 도옹이 말을 함께 달리던 장광에게 명령했다.

　"장 장군, 적의 사기가 크게 꺾였으니 병사들에게 즉시 손책이 죽었다고 외치라고 하십시오. 그럼 적의 군심이 더욱더 동요할 것입니다."

　장광은 즉시 명에 응하고 도옹에게 말했다.

　"공자께서 잠시 군의 지휘를 맡아주십시오. 말장이 당장 달려가 손책의 수급을 베 공자께 바치겠습니다!"

　도옹은 이 말에 흐뭇한 미소를 지으며 당부했다.

"한 가지만 명심하십시오. 우리의 목표는 손책과 그의 정예 병입니다. 손책이 부상을 입어 분명 그의 부대의 호위를 받으며 도망치고 있을 것입니다. 따라서 우리는 손책만 노리고 진공하면 됩니다. 나머지 적들은 투항하면 살려주고, 달아난다 해도 굳이 군대를 나눠 쫓지 말고 역량을 손책 하나에만 집중하십시오."

장광은 명을 받자마자 군사를 이끌고 말을 짓쳐 달리며 벽력같은 소리로 호령했다.

"자, 너희들은 나를 따라 외쳐라! 손책은 이미 죽었다, 손책은 이미 죽었다! 투항하는 자는 살려주겠다!"

"손책은 이미 죽었다! 손책은 이미 죽었다! 투항하는 자는 살려주겠다!"

장광의 군사들이 이렇게 외치며 추격하자 붕괴 직전에 이른 손책의 대오는 더욱 어지러워졌다. 특히 이번에 손책을 따라 출정한 원술 군사들은 아예 싸울 마음을 잃고 사방으로 흩어져 달아나거나 바닥에 엎드려 투항했다.

이미 동이 트기 시작했지만 광릉군은 손책 추격의 고삐를 늦추지 않았다.

*　　　　*　　　　*

광릉 정남쪽, 즉 장강 북안에는 크지 않은 무명 석산(石山) 하나가 돌출되어 있다. 삼면은 도도히 흐르는 장강으로 둘러싸여 있고, 북쪽으로만 험하고 작은 길이 하나 나 있었다. 척 보기에도 지키기는 쉬우나 공격하기는 어려운 지형이다.

산 정상의 너비는 겨우 수백 평방미터에, 높이도 150미터에 불과한 데다 나루에서 비교적 멀리 떨어져 항로를 감시하는 역할을 제대로 수행하기 어려웠기 때문에 거의 버려진 산이나 다름없었다. 맨둥맨둥한 산 정상에는 키 작은 관목만이 일부 자라고 있었다.

손책의 패잔병들은 이 석산 정상에서 꼬박 하룻밤을 보냈다. 전체적인 실력으로 보면 한참 처지는 광릉군에게 철저히 궤멸돼 광릉에서 여기까지 쫓겨난 신세가 되고 말았다. 성을 공격할 때만 해도 6천이 넘었던 군사가 이제는 고작 7백 명도 남지 않았다. 게다가 대부분 부상을 안고 있는 데다 식량마저 다 떨어져 갔다.

도웅의 전략대로 대부분의 원술 군사가 손책에게서 이탈하자 주유나 정보로서도 어쩔 도리가 없어 죽을힘을 다해 혼절한 손책을 보호하며 무작정 남쪽으로 내려갔다.

이들은 장강 나루까지 도망친 후 강을 건널 배를 찾았지만 나루터의 배는 이미 광릉 수군이 끌고간 지 오래였다.

뒤에서는 광릉군이 쉬지 않고 추격해 오자 형세가 급박해

진 주유 등은 하는 수 없이 강가를 따라 서쪽으로 후퇴하며 배를 발견하길 기대했다. 하지만 도응의 명으로 광릉 수군이 근처의 배를 모두 수거한 상태라 일엽편주(一葉片舟)조차 눈에 띄지 않았다.

이런 상황에서 도응이 군자군을 이끌고 우회해 손책군의 앞을 가로막고, 뒤에서는 장광이 군사를 거느리고 추격해 왔다. 앞뒤로 협공을 받게 되자 주유 등은 하는 수 없이 패잔병을 이끌고서 이 산으로 들어온 것이다.

다행히 이 산은 공격하기는 어려워도 지키기는 쉬운 지형이라 유리한 위치를 점한 손책군은 잇따른 광릉군의 세 차례 공격을 막아낼 수 있었다. 동시에 산 정상까지 군자군의 화살이 도달하기도 어려워 기세등등했던 광릉군은 잠시 공격을 멈추고 포위 작전에 들어갔다.

손책군이 포위를 뚫고 돌파할 만한 길에는 임시로 녹각 차단물을 설치하고 참호를 팠으며, 강에는 광릉 수군을 배치해 물길로 빠져나오는 것을 완전히 봉쇄했다.

해가 다시 떠올라 눈부신 햇빛이 석산 정상을 점차 덮을 때쯤, 한동안 혼절해 있던 손책이 마침내 깨어났다. 손책의 생사를 걱정하던 주유와 황개 등은 안도의 한숨을 내쉬고 모처럼 기쁨의 웃음을 지었다. 하지만 이들은 이미 머리가 헝클어지고 얼굴에 땟물이 흘러 웃는 모습이 꼭 우는 것처럼 볼썽사나웠다.

사륜 수레에 비스듬히 누워 있던 손책은 미약하고 쉰 목소리로 힘겹게 물었다.

"내가 얼마나 혼절해 있었는가? 그리고 여기는 대체 어딘가?"

이 말에 주유와 정보 등의 얼굴에 웃음기가 싹 사라졌다. 잠시 후 정보가 기운 빠진 목소리로 대답했다.

"소장군은 하루 동안 혼절해 계셨습니다. 그리고 이곳은 도응 놈의 추격을 피해 올라오게 된 석산입니다. 장강이 바로 뒤에 있습니다."

"사람을 보내 구원을 요청해 봤는가?"

"밤새 군사 몇 명이 헤엄쳐 강을 건너봤지만 모두 도응의 수군에게 목숨을 잃어 강 남쪽으로는 아무도 건너가지 못했습니다."

얼굴이 한층 더 창백해진 손책은 아무 말도 하지 않다가 주유에게 산을 한 바퀴 돌아보고 싶다고 말했다. 이에 주유가 손책이 탄 사륜 수레를 끌었고, 혹시 모를 사태에 대비해 황개와 정보가 그를 호위했다.

수레에 앉아 적진을 쭉 둘러본 손책은 멀리 있는 군자군 대기를 바라보며 주유에게 물었다.

"내가 혼절해 있을 때 도응은 아무 움직임도 없었는가?"

"날이 밝자 도응이 사자를 보내 항복을 권하길래 화살을 쏘아 쫓아버렸습니다. 그 이후로는 아무 움직임도 없었습니다."

손책이 쓴웃음을 짓고 한참 동안 침묵하더니 다시 물었다.

"그래, 도응이 뭐라고 항복을 권하던가?"

주유도 멀리서 펄럭이는 군자 대기를 바라보며 냉소를 짓고 대답했다.

"감언이설로 저희를 꾀더군요. 저희의 재능을 높이 산다면서 무기를 버리고 투항하면 높은 관직을 내리고 부귀영화를 누리게 해주겠다고 말입니다."

손책은 아무 말도 없다가 결심을 굳힌 듯 어렵게 입을 뗐다.

"공근, 황개 장군, 정보 장군, 그대들의 문재무략이라면 어딜 가도 중용될 수 있습니다. 도응은 보통내기가 아닙니다. 그에게 투항해 뜻을 펼치십시오."

정보와 황개가 화들짝 놀라며 재빨리 손책 앞에 한쪽 무릎을 꿇고 이구동성으로 대답했다.

"소장군! 저희는 오랫동안 선주의 후은을 입어 분신쇄골하더라도 그 은혜를 만분의 일도 갚기 어렵습니다. 어찌 저희더러 배은망덕한 짓을 하라 이르십니까? 저희는 천고만난(千苦萬

難)을 만난다 해도 끝까지 소장군을 따를 것을 죽음으로써 맹세합니다!"

주유 역시 불만이 가득한 목소리로 말했다.

"백부, 어찌 그런 말씀을 하십니까? 저와 백부는 형제나 다름없고 생사를 같이하기로 맹세한 사이입니다. 부귀를 도모하려고 옛정을 배반하라니요? 다시 한 번 더 말을 꺼내시면 이 주유, 백부 앞에서 목을 찔러 죽음으로써 뜻을 드러내겠습니다!"

손책이 난처해하며 말했다.

"두 분 장군은 어서 일어나십시오. 공근, 나도 농담으로 하는 말이 아니네. 지금 상황을 보게나. 막다른 골목에 이르러 양식도 끊기도 원조도 끊겨 말을 죽여 허기를 채우는 상황이라, 며칠 못 가서 전군이 몰살당하는 겁난에 빠질 걸세. 왕좌(王佐)의 재목인 그대들은 불행히 나를 만나 이 지경에 이르렀는데 어찌 헛되이 목숨을 바치려 하시오? 다른 명주(明主)를 따라 공명을 취하는 게 나을 것이오."

이 말에 정보와 황개가 발끈하며 소리쳤다.

"차라리 죽을지언정 항복하지 않겠습니다! 소장군과 함께라면 끓는 물에 떨어지고 뼈가 가루가 되어도 절대 후회하지 않을 것입니다!"

이때 주유가 담담하게 말했다.

"'자고로 죽지 않는 이가 어디 있으리오. 이 마음 후일 역사에 전해지길 바랄 뿐이다' 이 시구를 아십니까? 도응이 조맹덕 앞에서 읊은 시입니다. 도응 같은 위군자도 기개가 이같이 넘칠진대, 저희에게 이제 그런 말씀은 마십시오. 게다가 살길이 완전히 막힌 것도 아니니 충분히 재기를 노려볼 수 있습니다."

"공근, 그런 말로 날 위로하지 않아도 되네. 지금 상황에서 빠져나갈 길이 어디 있겠나?"

주유가 고개를 저으며 자신 있게 말했다.

"백부, 이는 틀린 말이 아닙니다. 우리에게는 정말 기회가 있습니다. 백부도 주치가 가져온 소식을 기억하시잖습니까? 기령이 3만 대군을 이끌고 동진한다고 했으니 늦어도 엿새나 이레면 광릉에 당도할 것입니다. 그때 기령이 도응과 교전을 벌이는 틈을 탄다면 포위를 뚫을 수 있습니다. 이후 원술에게는 몇 마디 변명을 둘러대고 그의 휘하에서 몇 년만 자복하며 군대를 재정비한다면 권토중래는 그리 어렵지 않습니다."

이 말에 정보도 동조하며 말했다.

"공근의 말이 일리가 있습니다. 원술이 퇴군을 명한 것은 전적으로 도응의 이간계 때문입니다. 또 소장군의 퇴병 거부 이유인 천재일우의 기회를 놓쳐서는 안 된다는 것과 장군이 밖에 있으면 군주의 명을 듣지 않는다는 것은 어딜 봐도 반역의 증거가 될 수 없습니다. 따라서 원술에게 돌아가 극력 해명해 의혹을 씻어준다면 권토중래의 기회가 반드시 찾아올 것입니다."

주치 역시 이들을 거들었다.

"소장군은 원술의 심복인 교유, 장훈과 친분이 두텁다는 사실을 잊지 않으셨겠지요? 그들이 간곡하게 청한다면 원술도 마음이 움직일 것입니다. 또 양굉, 원윤 같은 자들도 금은보화로 매수하여 도움을 청한다면 원술은 소장군이 배신하지 않았다고 믿을 수밖에 없습니다."

손책은 심복들의 설득에도 주저하며 물었다.

"다들 일리 있는 말이지만… 기령이 그렇게 빨리 도착할 수 있겠소?"

주유가 단호하게 대답했다.

"가능합니다. 원술의 명에 기령이 즉시 출격에 나섰으니 열흘 정도면 광릉에 도착할 수 있습니다. 주 군리가 밝혔듯이 기령은 구월 초엿새에 수춘을 출발했습니다. 노정을 계산해보면 늦어도 이레 안에 선봉이 광릉에 당도할 것입니다."

이어서 주유는 미소를 띠며 말을 이었다.

"만약 기령이 군대를 두 길로 나누어 수륙으로 병진한다면 상황은 더욱 절묘해집니다. 원술은 유요의 도강을 막기 위해 역양(歷陽) 나루에 대군을 주둔시키고 우저(牛渚)의 유요군과 1년

넘게 대치 중에 있습니다. 만약 원술이 이 수군을 동진에 파병했다면 배의 속도로 보아 하루 이틀 내에 이곳에 당도할 수 있습니다."

정보와 황개 등도 잇달아 손책에게 권했다.

"공근의 말이 옳습니다. 며칠만 버텨낸다면 원술의 대군이 도착해 도응이 군대를 물릴 수밖에 없는 상황에 처합니다. 그 틈을 노려서 도망친다면 기회는 얼마든지 있습니다."

심복들의 설득에 손책의 마음속에서는 서서히 희망이란 불씨가 살아나기 시작했다. 그는 이를 악물고 수하 장수들에게 명했다.

"좋소. 그럼 원술의 원군이 도착할 때까지 각 장수들은 삼군을 위무하며 끝까지 버텨주시오!"

"삼가 소장군의 명을 받들겠습니다!"

정보와 황개는 공수의 예를 갖추고 결연한 의지를 담아 대답했다. 주유는 몸을 굽혀 대답한 후 시선을 북방 먼 곳으로 향했다. 그의 눈에는 왠지 수심이 가득해 보였다.

"하늘이여, 제발 도응의 눈을 가려 그 방법을 눈치채지 못하게 보우하소서. 그렇지 않으면 우리는 하루도 버티기 어렵나이다……"

하지만 주유가 이 기도를 채 끝내기도 전에 그가 우려하던 상황이 발생하고 말았다.

북쪽 도로에서 광릉군 사병이 거대한 수레 다섯 대를 밀고 당기며 이쪽으로 다가오는 모습이 주유의 눈에 들어왔다. 주유는 이 수레를 보고 절망의 탄성을 내뱉었다.

투석기 다섯 대가 서서히 다가오자 손책군과 하룻밤 동안 대치한 광릉군 사이에서 환호성이 터져 나왔다. 많은 병사들이 자발적으로 튀어나와 밀고 끌며 투석기를 진지 안으로 옮겼다.

이제 석산 정상에 거북이처럼 움츠리고 있는 손책군 패잔병에게 회심의 한 방을 날릴 수 있게 되었다. 도응도 급히 보병을 보내 석산에서 3백 보 떨어진 지점을 깨끗이 치우라고 명했다.

분주한 가운데 노숙이 땀을 흘리며 도응에게 달려와 예를 갖추고 말했다.

"어젯밤 장광 장군이 성으로 돌아온 후 숙이 서둘러 투석기를 호송해 남하했는데, 이 투석기가 너무 무거운 데다 길이 좋지 않아 이제야 도착했습니다. 혹여 일을 그르친 건 아닌지 염려됩니다."

도응이 큰소리로 웃으며 손을 내젓고 말했다.

"괜찮소, 괜찮소. 지금도 늦지 않았소이다. 늦어도 오늘밤 안에 손책의 머리를 들고 성으로 개선하게 될 것입니다."

"손책은 천하에 얻기 어려운 맹장입니다. 투항을 권유하는 것이 최선인 줄 아룁니다."

"투항을 권했지만 화살이 돌아오더구려, 하하. 투석기를 몇 방 쏴 간담을 서늘하게 만든 후에 다시 시도해 볼 생각이오."

도응과 노숙이 대화를 나누는 사이에 투석기가 석산 3백 보 떨어진 곳으로 옮겨졌다. 신속하게 설치를 마치고 석탄과 화탄을 준비하는 동시에 혹시 모를 손책군의 공격에 대비하기 위해 궁노수까지 배치하여 산길을 완전히 봉쇄했다.

산 위에서 이를 지켜보던 손책군은 탄환을 쏘기도 전에 절망의 신음성을 흘렸다.

도응의 명령에 무게가 150근이나 나가는 석탄이 바람을 가르며 날아가 산 정상 조금 아랫부분에 쿵하며 떨어졌다. 비록 손책군을 맞히지 못했지만 석탄의 육중한 충격에 땅이 흔들리며 산 위 앞쪽에 있던 병사 둘이 중심을 잃고 아래로 추락했다.

도응은 석탄이 떨어진 위치를 확인하고 투석기를 다시 조준했다. 산 위에서는 손책군 병사들이 두려움에 벌벌 떨었고, 손책의 창백한 얼굴은 절망으로 인해 더욱 초췌해 보였다.

도응은 채찍을 휘두르며 명령했다.

"투석기 다섯 대 모두 열 걸음 앞으로 나가 목표물을 새로 조준하라. 석탄이 준비됐으면 이제 발사⋯⋯."

"급보입니다—!"

갑자기 나타난 전령이 도응의 말을 끊고 한쪽 무릎을 꿇더니 숨을 헐떡이며 보고했다.

"공자께 아룁니다. 아군 수군의 척후선이 상류 45리 지점에서 원술군 군선을 발견했습니다!"

"뭐라고?"

이 말에 도응은 그만 손에 들고 있던 채찍을 떨어뜨리고 말았다. 아, 반나절이면 소패왕을 잡을 수 있는데, 왜 하필 지금 원술의 수군이 나타났단 말이냐!

"군선의 수는 얼마나 되고, 속도는 어떠하냐?"

이 틈에 노숙이 재빨리 물었다.

"확실치는 않지만 누선(樓船)이 적어도 30척 이상이고, 여타 대소 군선도 2백 척이 넘는 것으로 보입니다. 척후선이 적을 발견했을 때 강에서 마침 동남풍이 불어 적선이 돛을 내린 채 내려와 속도는 그리 빠르지 않았습니다."

도응은 수전에 대해 잘 몰랐지만 노숙은 타고난 수전 전문가였다. 그는 먼저 고개를 들어 풍향을 확인하고 전령에게 척후선이 돌아오는 데 걸린 시간을 물은 다음 손가락으로 빠르게 계산해 보더니 침울한 목소리로 도응에게 말했다.

"공자, 아무래도 하늘이 우리를 돕지 않는군요. 풍향이 계속 바뀌지 않는다면 원술 수군은 한 시진 후에 이곳에 도착합니다. 그런데 서북풍으로 풍향이 바뀌면 길어야 반 시진 후에 도착하게 됩니다. 적군은 적어도 5천 명 이상이라 우리 천여 수군으로는 상대하기 어렵습니다."

도응이 굳은 얼굴로 아무 말도 하지 않자 곁에 있던 도기가 말했다.

"형님, 우리 수군에게 강을 거슬러 올라가 적을 막게 하십시오. 반나절만 시간을 벌어준다면 손책군을 충분히 섬멸할 수 있습니다."

"40척도 안 되는 낡은 배로 적선을 막는다고? 그리고 우리 수군이 강을 거슬러 올라가면 손책도 원군이 왔다는 사실을 알고 목숨을 걸고 싸우게 된다."

"그럼 어쩌죠?"

도응은 입을 앙다물고 아무 말 없이 앞으로 몇 걸음 걸어가 산 정상을 응시했다. 노숙은 도응이 분하고 초조한 마음에 사리를 분별하지 못할까 걱정됐다. 이에 도응에게 다가가 그의 어깨를 두드리며 위로의 말을 건넸다.

"공자, 이건 손책의 명이 아직 남았다는 하늘의 뜻인가 봅니다. 인력으로는 어찌할 수 없으니 너무 상심 마십시오. 이번에 손책을 죽이지 못하더라도 다음에 또 기회가 있겠지요."

내내 굳은 표정을 하고 있던 도응이 갑자기 환한 웃음을 지으며 말했다.

"자경, 고맙소. 그대가 날 일깨워 주었구려. 방금 묘계가 하나 생각났소이다. 내 병사 하나도 쓰지 않고 손책의 명을 끊어놓으리다. 설사 명이 질겨 죽지 않더라도 피를 세 되나 토하고 영원히 빛을 보지 못하게 만들겠소."

노숙이 깜짝 놀라며 물었다.

"헛, 대체 무슨 묘계입니까?"

도응은 고개를 젓고 앞으로 성큼성큼 나가 크게 소리쳤다.

"내 산 아래에서 손책과 얘기를 나눌 것이니 방패수와 궁노수는 나를 보호하라! 또 투석기를 미리 준비해 놓았다가 내가 손을 흔들면 즉각 발사해라!"

도응의 명이 떨어지자 서성이 친히 방패수와 궁노수를 조직해 도응을 호위하며 석산 아래로 갔다. 산 아래에서 도응이 큰소리로 외쳤다.

"손책 장군과 주유 장군은 들으시오! 서주의 도응이 할 말이 있으니 잠시 나와서 얘기를 나눕시다!"

손책과 주유는 도응의 뜻밖의 제안에 서로 얼굴을 쳐다보며 의아해했다. 승기를 완전히 잡은 상황에서 투석기로 석탄을 날리지 않고 직접 나와 대화를 하자니? 도응이 대체 무슨 꿍꿍이로 이러는지 도무지 종잡을 수가 없었다.

손책이 곰곰이 생각하다가 먼저 말을 꺼냈다.

"도웅이 우리에게 항복을 권유하려는 것일까?"

주유가 고개를 끄덕였다.

"그럴 가능성이 높습니다. 백부, 이 간사한 놈의 말은 무시하고 화살을 날려 돌려보내십시오."

손책은 가타부타 말이 없이 잠시 숙고하더니 차분하게 말했다.

"공근, 내 대신 얼굴과 옷 좀 만져 주겠나? 가서 도웅과 얘기를 해봐야겠네. 도웅의 속셈이 무엇이든 간에 마지막으로 얼굴을 보고 내 위엄을 보일 생각이야."

황개가 맞장구를 치고 이를 갈며 말했다.

"맞는 말씀입니다. 저도 따라갑죠. 기회가 된다면 화살 한 방으로 도웅 놈을 쏘아 죽이겠습니다. 설사 죽더라도 내 반드시 저놈을 저승길에 데리고 가겠습니다!"

정보도 황개의 말에 동의하며 자신도 따라나서겠다고 말했다. 주유는 손책 등의 태도가 단호한 것을 보고 더 이상 만류하지 않았다. 손책 대신 옷매무새와 얼굴을 매만진 후 수레를 끌고 앞으로 나갔다. 하지만 도웅을 본 황개와 정보는 실망의 빛을 감추지 못했다. 도웅 앞에 방패수들이 이중삼중으로 벽을 두르고 있어서 도무지 맞힐 재간이 없었다.

도웅은 손책에게 공수하고 허리를 굽혀 예를 갖춘 다음 말했다.

"손책 장군, 오랜만에 뵙습니다. 열흘여를 보지 못했는데 많이 초췌해지셨습니다. 모두 이 웅의 죄이니 용서를 구합니다."

그러자 손책 옆에 있는 주유가 큰소리가 꾸짖었다.

"지금 고양이 쥐 생각 하는 것이냐! 백부께서 네 비겁한 화살에 맞으셔서 말씀을 크게 못 하시니 나 주유가 대신 전달하겠다. 그리고 투항을 권유하는 것이라면 꿈도 꾸지 마라!"

"저는 투항을 권유하러 온 것이 아닙니다. 손책 장군이 어떤 분이십니까? 열다섯 때부터 부친 손견 장군을 따라 천하를 누비며 대적할 자가 없었는데 어찌 남 앞에 무릎을 꿇겠습니까?"

이 말에 손책은 속이 부글부글 끓어 주유에게 대신 말을 전하게 했다.

"나를 비꼬러 온 것이라면 더는 할 말이 없다. 수작 그만 부리고 하고 싶은 말을 얘기하라!"

"백부 장군, 저는 지금 두 가지 신분으로 장군과 협상하기 위해 나온 것입니다."

"두 가지 신분? 그것이 무엇이냐?"

"첫 번째는 서주목 차자의 신분으로 서주 군민과 백성의 입장에서 얘기하려는 것이고, 두 번째는 한 왕조의 신하로서 드릴 말씀이 있습니다."

손책과 주유는 도웅의 말에 전혀 갈피를 못 잡고 물었다.

"서주목 차자의 입장과 한 왕조의 신하라니, 대체 무슨 말을 하려는 것이냐?"

"우선 서주목 차자의 신분으로 서주의 군민과 백성을 대표해 장군께 정전을 청합니다. 이를 수락하고 서주 5군을 영원히 침범하지 않겠다고 약속하신다면 당장 군사를 물려 포위를 풀겠습니다. 또한 장군께 강을 건너 곡아로 돌아갈 수 있도록 큰 배 두 척과 양초 5백 휘를 제공하겠습니다."

손책 등은 이 말을 듣고 눈이 동그래지며 자신의 귀를 의심했다. 이에 주유가 손책의 말을 기다리지 않고 크게 소리쳤다.

"대체 무슨 꿍꿍이인지 솔직하게 말하라! 네놈에게 더는 속지 않을 것이다!"

"제 말이 믿기 어렵다는 것을 잘 알고 있습니다. 그렇다면 제가 몇 가지 묻겠습니다. 장군의 수백 군사를 죽인다고 제게 무슨 이득이 되겠습니까? 그런다고 원술이 서주 5군을 탐내지 않을까요? 기령의 5만 대군이 저절로 물러갈까요? 그대들을 섬멸한 후에도 결과는 달라지지 않습니다. 그런데 구태여 제가 그런 일을 벌여 오명을 뒤집어쓰고 싶지 않아서 드리는 말씀입니다. 하지만 백부 장군이 정전에 동의해 상호 침범하지 않겠다고 약속하신다면 상황은 크게 달라집니다. 백부 장군은 이미 원공로(公路)에게 큰 미움을 샀습니다. 제가 포위를 풀면 장군은 분명 장강을 건너 곡아로 돌아갈 것입니다. 원공로는 이 소식을 듣고 크게 진노해 필시 칼끝을 남쪽으로 돌리 겠지요. 이렇게 되면 서주 백성들은 기령의 공격에서 벗어날 수 있습니다. 또한 서주목 차자인 저로서도 매우 다행한 일이 됩니다."

손책과 주유는 도옹의 말이 일리가 있다고 여겼다. 이에 서 로의 얼굴을 바라보며 살아 돌아갈 수 있다는 희망을 품었다.

마음이 움직이자 손책이 주유를 시켜 물었다.

"명무 장군, 우리를 희롱하는 말이 아님을 보증할 수 있 소?"

"군자의 말은 천금과 같습니다. 이 옹이 비록 불민하나 허언 은 하지 않습니다."

이어 도옹이 계속 말을 이었다.

"백부 장군, 그날 동성에서 했던 말을 아직 기억하십니까? 서주는 사방이 공격받기 쉬우니 만약 광릉을 장군께 바치면 서주가 위난에 처했을 때 언제든지 도와주겠다고 하지 않으셨 습니까? 저는 이 말이 결코 허언이 아님을 알고 있습니다. 장 군은 믿지 못하시겠지만 그때 전 이 말을 듣고 크게 감동했 습니다. 왜냐하면 장군은 절대 지중지물(池中之物)이 아니어서 머지않아 하늘 높이 날아올라 용이 될 것을 알아봤기 때문입 니다. 이런 장군과 백년지기를 맺어 도움을 받는다면 서주 5 군은 막강한 원군과 조력자를 얻는 것과 같습니다."

현하구변(懸河□辯)을 시전한 도웅은 고개를 가로저으며 더욱 간절하게 말했다.

"그러나 매우 유감스럽게도 광릉은 서주의 토지여서 서주목의 차자인 저로서는 장군의 요구를 들어드릴 수가 없습니다. 그러니 장군께서는 강남으로 가십시오. 강남의 9군 81주는 장군의 뜻을 펼치는 데 부족함이 없는 땅입니다. 저는 달리 바라는 것이 없습니다. 다만 장군께서 강남에 기반을 닦은 후 전날의 약속을 잊지 말아 주시길 바랄 뿐입니다."

폐부의 말을 맘껏 쏟아낸 도웅은 진심을 담아 손책에게 길게 읍했다. 손책과 주유 등은 자신들을 놓아주겠다는 말에 기쁨을 금할 길이 없었다. 하지만 손책은 곧 냉정을 되찾고 주유를 시켜 물었다.

"명무 장군, 보잘것없는 우리를 이리도 높이 봐주다니 정말 고맙소. 하지만 아무 조건 없이 그런 말을 던진 것은 아니라고 생각되오만……."

도웅은 다시 한 번 예를 갖춰 공수하고 큰소리로 말했다.

"이제부터는 제가 한 왕조의 신하로서 장군께 말씀을 드리겠습니다. 한 왕조의 신하로서 장군께 천자의 전국옥새를 돌려달라고 간곡히 부탁드립니다! 옥새만 돌려주신다면 즉각 군대를 철수하고 장군께 배와 양초를 내어드리겠습니다. 그리고 서로 영원히 침범하지 않겠다는 맹약을 맺겠습니다!"

도웅의 이 말에 산 위아래가 모두 정적에 휩싸이고, 사람들은 하나같이 얼이 빠져 놀라움을 금치 못했다. 전국옥새라니, 대체 이것이 무슨 말인가!

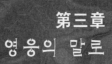

第三章
영웅의 말로

"하하하하……!"

잠시 후 산 정상에서 손책과 주유의 광소가 터져 나왔다. 정적 속에서 터진 이 웃음은 메아리치듯 장강까지 울려 퍼졌다. 주유가 도웅을 가리키고 크게 웃으며 말했다.

"도웅 놈아, 이제야 본색을 드러내는구나! 번지르르한 말을 그렇게 장황하게 늘어놓더니 결국 목적은 전국옥새였단 말이냐!"

"맞소. 한 왕조를 대신해 전국옥새를 돌려받는 것이 내 목적이었소. 물론 이는 한 왕조 모든 신민(臣民)의 바람이기도

하오. 전국옥새는 바로 천자의 보물인데 동탁의 난 때 불행히도 유실되고 말았소. 우리 도씨 일가는 대대로 한의 녹을 먹고 오랫동안 천자의 은혜를 입었소. 기회가 된다면 신하된 본분으로 응당 한의 조정을 대신해 전국옥새를 되찾아 천자께 돌려드려야만 하오."

이 말에 주유가 코웃음을 치며 손책을 대신해 큰소리로 외쳤다.

"흥, 꿈보다 해몽이 좋구나. 하지만 전국옥새를 원한다면 사람을 잘못 찾았다. 전국옥새는 동탁의 난 때 이미 유실되었다. 정 갖고 싶다면 낙양(洛陽)이나 장안으로 가 직접 찾아보아라. 우리 손에는 없으니 말이다!"

그러자 갑자기 도응의 태도가 돌변해 손책을 가리키며 크게 꾸짖었다.

"손책 놈아, 언제까지 계속 잘못된 길을 가려고 하느냐! 전국옥새가 누구 수중에 있는지 잘 알고 있지 않느냐! 전국옥새는 천자의 보물이고 네놈은 한의 신하다. 대대로 천자의 은혜를 입은 자가 이를 몰래 숨기고 돌려주려 하지 않는다면 무군무부하고 대역부도한 죄를 어찌 감당하려 하느냐!"

"허허, 전국옥새는 우리 손에 없다고 하지 않았느냐! 노장군이 낙양을 격파할 때 전국옥새를 얻었다고 한 것은 모두 원술이 퍼뜨린 헛소문일 뿐이다!"

"내 아무래도 사람을 잘못 본 듯하구나. 네놈은 무군무부한 무리일 뿐 아니라 인정도 의리도 없는 놈이다. 내 뻔히 알고 있는데 언제까지 교묘한 말로 발뺌하려는 것이냐?"

이어서 도응은 손책을 가리키며 비장하게 말했다.

"서릿발처럼 진지를 구축하고 있는 광릉 대군을 자세히 한번 보아라. 그리고 네놈 군사들을 쭉 돌아보고, 곡아에 있는 노모와 형제자매를 생각해 보아라. 우리 투석기면 기껏해야 세 시진 만에 산 정상에 있는 장사들을 모두 가루로 만들어 버릴 수 있다. 저들 대부분은 네 부친이 남긴 옛 부하이자 충성심에 불타는 장사임을 내 잘 알고 있다. 이처럼 궁지에 몰린 상황에서도 저들은 널 버리지 않고 목숨을 걸고 따르는 충의지사들이다. 한데 네 사사로운 욕심 때문에 저 의인들을 석탄에 목숨을 잃게 하려느냐!"

도응의 목소리는 계속해서 울려 퍼졌다.

"또 멀리 곡아에 있는 모친과 아우들을 생각해 보아라. 그들은 네가 돌아오기만 학수고대하지, 전장에서 목숨을 잃었다는 소식을 듣고 싶지 않을 것이다. 그런데 네가 죽는다면 가솔들은 어찌하란 말이냐? 너는 장자이자 형장이다. 인생의 세 가지 가장 큰 불행은 어려서 부친을 잃고 나이 들어 배필을 잃고 늙어서 자식을 잃는 것인데, 왜 네 모친에게 그런 불행을 안겨드리려 하는 것이냐. 또 나이 어린 네 아우와 누이들이 치욕과 능욕을 당해도 좋다는 말이냐? 너는 응당 그들을 보호해야 하거늘, 어찌 목숨과 욕심을 맞바꾸려 하느냐. 너는 그렇게 모진 사람이었더냐!"

손책은 아무 말 없이 의복과 갑옷이 너덜너덜해진 부하들의 꼴을 돌아보았다. 또 멀리 곡아에 있는 모친과 아우, 누이를 떠올리자 자기도 모르게 눈에 뜨거운 눈물이 고이기 시작했다.

도응은 다시 말투를 바꿔 크게 탄식하며 말했다.

"백부 장군, 잘 생각해 보시길 바라오. 난 그대를 진정한 영웅으로 존경하고, 백절불요(百折不撓)의 용기에 크게 찬탄했소. 하지만 막다른 궁지에 몰린 그대가 천자의 전국옥새를 훼손할까 두려워 자진해서 이런 조건들을 제시한 것이오. 그런데도 계속 잘못을 깨닫지 못한다면 나로서도 투석기로 산을 공격하는 것 외에 어찌할 방도가 없소."

손책의 눈가에 눈물이 맺히더니 반짝거리는 눈물 두 방울이 초췌한 뺨을 타고 천천히 미끄러져 내려왔다. 그의 마음은 이미 흔들리고 있었다.

손책군 장사들의 눈에도 뜨거운 눈물이 차올랐다.

손책은 눈물 가득한 얼굴로 누구의 부축도 없이 혼자 일어나 쉰 목소리로 크게 소리 질렀다.

"도 공자, 전국옥새를 넘겨준다면 약속을 지켜줄 것이오?"

그러고는 다시 담담하게 말했다.

"한낱 돌에 불과한 이 물건 때문에 부친이 돌아가셨고, 나역시 이 돌 때문에 충성스런 신하들을 죽게 놔둘 수는 없구나. 공근, 내 대신 말을 전해주게나."

황개와 정보가 목을 놓아 통곡하고, 주유도 큰소리로 울며 거절하자 손책이 대로하며 주유를 다그쳤다. 이에 주유는 눈물을 머금고 소리쳤다.

"도 공자, 다시 한 번 백부의 말을 전하오. 전국옥새를 넘겨주면 약속대로 우리를 놓아줄 것이오? 또 한 가지, 확답을 받을 것이 있소. 전국옥새를 넘겨받으면 사사로이 감추지 않고 정말 천자께 돌려드릴 것이오?"

이 말에 도응은 아무 표정도 없이 곁에 있는 서성의 화살통에서 우전 하나를 꺼내 높이 들고 큰소리로 외쳤다.

"천하가 모두 날 저버린다 해도 난 천하를 결코 저버리지 않겠소! 내 서주 삼군을 걸고 증명하리다. 백부 장군이 전국 옥새를 넘겨준 후 만약 신의를 저버려 백부 장군과 휘하 장사들이 강을 건너지 못하게 막고, 전국옥새를 천자께 바치지 않는다면 이 응, 이 화살과 같이 될 것이오!"

그러고는 우전을 두 동강이 낸 후 있는 힘껏 땅에 던지며 소리쳤다.

"백부 장군, 난 이미 하늘에 맹세했소. 이제는 장군이 보여주실 차례요!"

정적이 흐르는 가운데 석산에서 홀연 슬픈 울음소리가 울려 퍼졌다.

이어서 백발이 성성한 황개가 두 손으로 작은 주홍색 상자를 받쳐 들고 비틀거리며 산 아래로 걸어왔다. 이에 도응의 명을 받은 서성이 앞으로 나가 눈물을 줄줄 흘리는 황개에게서 이 상자를 건네받아 도응에게 바쳤다.

뭇 사람이 주시하는 가운데 도응은 바로 그 주홍색 상자를 받지 않았다. 먼저 서성에게 상자를 받쳐 들고 서 있으라고 한 다음 상자 앞에 무릎을 꿇고 예를 행하고서 몸을 일으키더니 정중하게 두 손으로 상자를 건네받았다.

상자를 열자 안에는 과연 옥새가 담겨 있었다. 크기는 방원(方圓) 4촌(寸)에, 위에는 다섯 마리 용이 갈마들어 새겨져 있었고, 깨진 한쪽 귀퉁이는 금으로 때워져 있었다. 그리고 위에는 전문(篆文)으로 '수명어천, 기수영창(受命於天 旣壽永昌:하늘로부터 천명을 받아 그 수명이 영원히 창성하리라)' 여덟 자가 새겨져 있었다.

도응이 전국옥새를 두 손으로 들고 머리 위로 올리자, 광릉군 진영에서 갑자기 하늘을 떠나갈 듯한 환호성이 터져 나왔다. 반면 석산에서는 천지를 울리는 비통한 울부짖음이 터져 나왔다.

서주 장사들의 우레와 같은 환호성이 잦아들자 도응은 전국옥새를 다시 상자에 집어넣고 큰소리로 호령했다.

　"삼군은 들어라. 당장 포위를 풀고 광릉으로 돌아간다! 백부 장군에게는 큰 배 두 척과 양초 5백 휘를 내드려라!"

　서주 장사들이 일제히 환호하며 대답한 후 도응은 다시 석산을 향해 크게 외쳤다.

　"백부 장군, 지금 이후로 우리가 굳건한 맹우임을 하늘과 땅이 증명했소. 반드시 신의를 지켜서 훗날 고귀한 자리에 오르면 절대 오늘의 맹약을 잊지 말아 주시오!"

　손책은 눈물을 머금고 고개를 끄덕인 후 주유에게 자신의 뜻을 전하게 했다.

　이어 도응은 삼군을 거느리고 산에서 철수해 광릉으로 돌아갔다. 또한 약속대로 광릉 수군에게 전선 두 척과 양식 5백 휘를 남겨두고, 강 위의 포위를 풀어 장강 하류의 해릉 나루로 철수하라고 명했다.

　광릉 대군이 모든 포위를 풀고 수 리 밖으로 철수하자 손책군 장사들은 너나 할 것 없이 통곡하고 눈물을 뿌리며 옥새를 바친 오늘의 치욕을 애통해했다.

　손책은 더 이상 울 힘도 남지 않아 멍하니 철수하는 광릉 군대만 바라보고 있었다.

　부친인 손견이 목숨을 걸고 얻은 전국옥새가 눈에서 끊임

없이 아른거렸다. 잠시 후 손책은 끝내 눈물을 흘리며 혼잣말로 중얼거렸다.

"아버지, 이 불효자를 용서하십시오. 아들이 무능하여 당신께서 목숨을 걸고 얻은 전국옥새를 지키지 못했나이다……"

이때 정보가 손책에게 다가와 말했다.

"소장군, 도웅 놈이 멀리 갔으니 우리도 얼른 하산해야 합니다. 그리고 걱정 마십시오. 잃어버린 물건은 저희가 반드시 되찾아 오겠습니다."

손책은 천천히 고개를 끄덕이며 눈을 감았다. 그리고 방금 전에 내렸던 어려운 결정을 잊으려고 노력했다.

정보와 주유 등은 사병들을 지휘해 산을 내려갈 채비를 서둘렀다.

지금으로서는 광릉 수군이 남기고 간 전선 두 척에 올라타 강을 건너 곡아로 남하해 손책의 외삼촌인 오경에게 몸을 의탁하는 것이 최선이었다.

그런데 사병들이 손책의 수레를 끌고 채 열 걸음도 가지 않았을 때, 병사들이 갑자기 놀란 목소리로 외쳤다.

"장군, 장군, 저기 좀 보십시오! 강 상류에서 선단이 내려오고 있습니다!"

정보와 주유 등이 소스라치게 놀라며 고개를 돌렸다. 손책도 급히 눈을 크게 뜨고 바라보니, 과연 장강 상류 방향에 방대한 선단이 나타난 것이 아닌가!

이때 풍향은 이미 동남풍에서 서북풍으로 바뀌어 바람을 탄 선단이 돛을 편 채 순항해 오고 있었다. 그리고 그 방대한 선단의 모든 전선에서는 '원(袁)' 자 대기가 펄럭이고 있었다.

"원술의 선단이 왜 여기에 나타났단 말이냐?"

손책은 처음에는 믿을 수 없다는 표정을 지었지만 곧이어 사태가 어떻게 돌아간 것인지 퍼뜩 깨달았다.

도옹이 왜 완전히 승기를 잡은 상황에서 담판을 제안했는지, 몇 시진만 투석기를 날리면 아군이 전멸하는 상황에서 왜 선심 쓰는 척 진공을 멈추었는지, 왜 전국옥새를 미끼로 우리를 풀어주려 했는지 그 이유가 명확해졌다.

사태의 진상이 파악되자 손책은 수레에서 갑자기 벌떡 일어나 북쪽을 향해 빠른 속도로 철수하는 도옹군을 가리키며 처절하게 비명을 질러댔다.

"도옹, 네 이 간사한 도적놈을 죽이지 못하면 눈을 감지 않으리라! 네 이 간사한 도적놈을 반드시 죽여……."

미친 듯이 폐부에 담긴 말을 쏟아내던 손책은 부끄러움과 분노가 교차하고 화기가 심장을 치더니 입에서 검은 피를 몇 차례나 뿜으며 그대로 수레에서 굴러 떨어졌다. 곁에 있던 병사가 통곡하며 손책을 일으켰을 때, 그는 입에서 끊임없이 피를 흘리며 그대로 절명하고 말았다.

역사에서 강남의 9군 81주를 호령했던 강동 소패왕은 불행히도 첫 전투에서 도응을 만나 비명횡사하는 안타까운 말로를 맞이했다.

"소장군—!"

정보와 황개는 득달같이 달려들어 손책의 시신을 안고 통곡하다가 그만 혼절해 버렸다.

하지만 주유는 눈물을 흘리지도, 손책의 시신에 달려가지도 않은 채 그저 멍하니 멀어져가는 도응군과 군자 대기를 바라볼 뿐이었다.

잠시 후 처연한 웃음을 짓던 주유의 입에서 갑자기 미친 듯한 웃음이 터져 나왔다.

"군자군? 인의예지신? 온량공검양? 홍, 이 음험하고 악랄한 놈아! 교묘히 사람을 속여 함정에 빠뜨리는 네놈들이 무슨 군자군이란 말이냐!"

주유는 고개를 들어 하늘을 보더니 또다시 광소를 터뜨리고 울부짖었다.

"도응 놈아, 이 원한을 갚지 않는다면 내 결코 사람이 아니다—! 백부, 조금만 천천히 가십시오. 이 유, 하늘에 맹세코 반드시 도응 놈을 길동무로 보내드리겠습니다! 도응 놈을 불태워 저승길 동반자로 삼도록 하겠습니다!"

미친 듯이 웃음을 터뜨리는 주유의 두 눈에 끝내 눈물이 맺히며 뺨을 타고 주르륵 흘러내렸다.

　주유의 부릅뜬 눈에서 흘러내리던 눈물은 종내 붉은색으로 물들어 갔다.

第四章

불상지물(不祥之物)

　광릉성으로 돌아온 도응은 군자군 친병 대장들에게 군마를 정비하라고 명한 후, 쉬지도 않은 채 노숙 및 장수들을 태수부의 대당으로 소집했다.

　도응은 탁자에 전국옥새를 올려놓고 깊은 생각에 빠진 듯 대당 안을 이리저리 서성였다. 이와 달리 장수들은 오직 전설의 화씨벽(和氏璧)으로 만들었다는 옥새에만 정신이 팔려 있었다. 옥새를 요모조모 둘러보고 모두들 찬탄해 마지않자 노숙이 다가와 웃으면서 말했다.

　"이 전국옥새는 독사나 맹수와 같은 것입니다. 손견도 이

옥새 때문에 목숨을 잃지 않았습니까? 조심하지 않으면 큰 화를 면치 못할 겁니다."

장수들이 의아한 표정으로 노숙을 바라보자 도응은 생각이 다 정리된 듯 웃음을 띠고 다가와 말했다.

"군사의 말이 옳소. 내 눈에도 이 옥새는 두려운 물건일 뿐이오. 이를 보배로 여기다간 얼굴에 '죽을 사' 자가 쓰여도 모르게 되어 있소."

이 말에 노숙이 안도의 한숨을 내쉬며 큰소리로 웃었다.

"하하, 공자가 옥새를 탐할까 걱정했는데 제 기우에 불과했군요. 그래서 말인데 불상지물(不祥之物)인 이 옥새를 절대 가지고 있어선 안 됩니다. 그랬다간 화를 자초할 뿐입니다."

"맞는 말씀이오. 이 위험한 물건을 하루라도 빨리 처리할 생각입니다."

귀중한 옥새가 수중에 들어왔는데 이 무슨 뚱딴지같은 소리란 말인가? 도기가 참다못해 불쑥 도응에게 말했다.

"형님, 대체 무슨 말씀을 하시는지 모르겠습니다. 군사도 그렇고요. 아니, 어렵게 얻은 이 옥새를 남의 손에 넘기겠단 말입니까?"

"만약 우리가 옥새를 가지고 있으면 어떤 결과를 빚을지 생각해 보았느냐? 서주 주변의 조조, 원술, 원소, 여포 등이 가만히 있을 것 같으냐? 서주 5군은 물질적으로는 풍요롭지만 군사력이 너무 약해 주변 제후들이 줄곧 군침을 흘려왔다. 이런 상황에서 우리가 수중에 옥새를 가지고 있으면 시랑 같은 저들에게 문죄의 빌미와 서주를 병탄할 기회를 주게 된다. 따라서 우리가 천하를 재패할 실력을 갖추기 전까지 옥새는 아무 짝에도 쓸모가 없다. 그저 큰 재앙을 부를 뿐이다."

서주의 장수들은 아까운 마음이 들긴 했지만 도웅의 설명이 하나도 틀리지 않다는 생각에 고개를 끄덕여 동의를 표했다. 도웅은 만족한 웃음을 지으며 곁에 있던 노숙에게 물었다.

"군사가 보기에 이 옥새를 어느 제후에게 보내는 것이 좋겠습니까?"

노숙 역시 미소를 띠며 반문했다.

"이미 점찍어둔 자가 있으면서 왜 저에게 물으시는지요?"

"군사의 말이 맞습니다만 혹여 실수가 있을까 염려되니 사양치 마시고 가르침을 주십시오."

"그럼 감히 말씀드리겠습니다. 서주 주변의 군웅 중에는 조조를 첫손에 꼽을 수 있습니다. 하지만 간사하기로 이름난 조조가 공자의 의도를 눈치채지 못할 리 없습니다. 그러니 당연히 제쳐 두어야죠. 다음으로는 북쪽의 원소와 공손찬이 있습니다. 하지만 이들은 서로 사투를 벌이는 중이라 자웅을 겨루기 전까지는 남쪽을 돌아볼 여력이 없습니다. 한편 여포는 변덕이 심하고 욕심이 많은 반면 실력이 약해서 옥새가 필요 없을 뿐 아니라 이를 빌미로 서주를 노릴 가능성이 높습니다. 남쪽의 유요와 엄백호(嚴白虎), 왕랑(王朗)은 모두 범속하고 무능한 무리라 우리가 쳐들어가지 않는 것만으로도 감지덕지할 것이니 계산에 넣을 필요가 없습니다."

노숙은 잠시 숨을 고르고 미소를 지으며 말을 이었다.

"따라서 마지막으로 딱 제후 하나가 남습니다. 그야말로 옥새를 맡길 적격의 사람인 데다 훗날 다시 그에게서 옥새를 취해올 수도 있습니다."

노숙의 청산유수 같은 설명에 도웅이 이를 드러내며 환하게 웃었다.

"하하, 군사의 생각이 나와 똑같은 것 같구려. 이는 매우 중차대한 일이어서 번거롭겠지만 군사가 직접 사신으로 가주셔야겠습니다."

"공자의 명인데 여부가 있겠습니까."

노숙은 바로 응낙하고 도웅과 함께 큰소리로 웃음을 터뜨렸다. 곁에 있던 장광과 도기 등 장수들은 도웅과 노숙이 대체 누구를 말하는 것인지 몰라 어리둥절해했다.

*　　　　*　　　　*

한편 주유 등은 손책의 죽음을 애통해할 틈도 없이 원술군 대장 진분(陳芬)이 이끌고 온 수군에게 강을 봉쇄당하고 말았다. 원술군은 즉각 뭍에 상륙해 손책군을 포위했다. 황개와 정보는 수적으로 크게 열세인 것은 물론 부상자가 대다수인데다 피곤에 지친 병사들을 보고 어쩔 수 없이 무기를 버리고 투항했다.

이들은 진분에게 손책이 반란을 획책하지 않았다고 극력 해명하는 한편, 손책의 시신을 곡아의 손견 미망인에게 이송해 달라고 요청했다.

하지만 진분은 이들의 말을 들은 체도 않고 손책의 시신을 이들과 함께 수춘으로 압송하라고 명했다. 또한 단기로 수춘을 빠져나가 기령의 출병 소식을 손책에게 알린 주치는 원술의 명에 따라 당장 참수하라고 명했다. 역사에서 손견 삼부자를 3대째 보필해 동오의 기틀을 닦았던 주치는 허무하게 목이 달아나고 말았다.

다행히 주유는 손견의 부하가 아니라 민간 의용군을 이끌고 손책군에 가담했기 때문에 정상을 참작해 죄를 묻지 않고 원술군 일반 사병으로 편입되었다. 그러나 주유는 진분의 호의를 받아들이지 않고 제 발로 걸어 나가 진분에게 말했다.

"진 장군, 소인도 함거(檻車:죄인을 압송하는 수레)에 올라 수춘으로 가 좌장군의 처분을 받겠습니다. 손책은 소인의 죽마

고우라 그에 대한 것이라면 소인이 속속들이 잘 알고 있습니다. 저를 수춘으로 보내시면 좌장군께서 분명 장군에게 큰 상을 내리실 것입니다."

진분이 의아해하며 물었다.

"그게 무슨 뜻이냐? 주공 앞에서 손책의 죄상을 낱낱이 밝히겠다는 말이냐?"

방금 전까지만 해도 손책을 위해 목숨을 내놓겠다던 주유가 갑자기 얼굴을 바꾸자 정보, 황개는 물론이고 병사들까지 주유를 향해 목이 터져라 배신자, 변절자라고 외치며 땅에 침을 뱉고 욕을 퍼부었다.

주유의 귀에도 이 소리가 생생하게 들렸지만 그는 이를 무시한 채 진분에게 차분히 대답했다.

"그렇습니다. 손책은 불충한 마음을 먹고 좌장군에 대해 불경한 말을 내뱉었습니다. 손책의 이번 광릉 출병에 다른 뜻이 있었음을 좌장군 앞에서 낱낱이 밝혀 속죄하고 싶습니다."

진분으로서는 자신에게 공이 돌아오는데 이를 거절할 이유가 없었다. 이에 흐뭇한 미소를 지으며 주유의 청을 받아들이고 죄수들과 함께 그를 수춘으로 보내기로 결정했다. 그러나 이곳에서 수춘까지 가려면 강을 타고 먼저 역양으로 갔다가 다시 육로를 통해 먼 길을 가야 했으므로 진분은 아예 육로로 죄수들을 압송하라고 명했다.

황개와 정보는 앞쪽 함거에 실려 가는 주유를 바라보며 이를 바득바득 갈았다. 손책이 죽자마자 낯빛을 바꾸고, 게다가 원술 앞에서 손책의 죄상을 밝혀 공을 세우겠다는 주유의 말에 분통이 터진 이들은 금수만도 못한 놈이라며 한바탕 욕을 퍼부었다. 하지만 주유는 묵묵히 이를 듣고만 있을 뿐 아무 대꾸도 하지 않았다.

모두가 잠든 한밤중이 되어서야 주유는 함거 한쪽 귀퉁이에 쭈그리고 앉아 조용히 눈물을 흘리며 중얼거렸다.

"백부, 며칠만 더 기다리십시오. 반드시 도응 놈을 백부의 길동무로 만들겠습니다……."

중간에 도응군의 습격이 없었던 데다 죄수 압송을 서두른 덕에 원술군은 나흘여 만에 동성에 도착했다. 이때 기령의 부대도 마침 동성에 주둔하고 있었다. 정상적이라면 이미 동성을 떠나 광릉을 향해 진격했겠지만 마침 손책군이 궤멸됐다는 소식을 접한 기령은 손책을 문죄할 임무가 사라지자 동진을 멈추고 동성에 머물며 원술의 다음 명령을 기다리는 중이었다.

이런 이유로 기령이 동성에서 꼼짝하지 않자 애가 탄 주유는 함거에서 기령을 만나게 해달라고 고래고래 소리를 질렀다. 기령이 큰 공을 세울 수 있는 중요한 기밀을 알고 있다고 쉴 새 없이 떠드는 통에 죄수를 지키는 병사가 하는 수 없이 이를 기령에게 알렸다.

호기심이 생긴 기령은 당장 주유를 동성으로 불러들였다.

온몸에 족쇄와 수갑을 찬 채 기령에게 불려간 주유는 가식적인 웃음을 짓고 아첨하는 빛을 가득 띠고서 말했다.

"축하드립니다, 장군. 장군 앞에는 큰 공을 세울 기회가 널려 있으니 그저 취하시기만 하면 됩니다."

이 말에 기령이 호기심 가득한 얼굴로 물었다.

"큰 공이라니, 무슨 말인가?"

"동탁의 난 때 손견의 수중에 들어간 전국옥새를 들어보신 일이 있습니까?"

"그걸 왜 모르겠느냐? 주공께서 손책에게 여러 번 전국옥새를 바치라고 요구했지만 손책은 이를 뜬소문이라며 부인했다."

주유가 돌연 낯빛을 바꿔 엄숙하게 대답했다.

"이는 손책의 새빨간 거짓말입니다. 옥새는 손책의 수중에 있었고, 소인도 여러 번 본 적이 있습니다. 다섯 마리 용이 갈마들어 새겨져 있고, 위에는 '수명어천 기수영창' 여덟 자가 씌어 있습지요."

이 말에 기령은 펄쩍 뛰며 대로했다.

"옥새가 정말 손책 수중에 있었단 말이냐! 그런데 진분은 왜 이를 보내지 않은 것이냐?"

"장군, 오해하지 마십시오. 옥새는 진분 장군이 빼돌린 것
이 아니라 이미 주인이 바뀌었습니다."

주유는 이어 도응이 전국옥새를 사취한 경과를 기령에게
소상히 이야기했다. 사실 진분은 손책군에 가담했던 원술 병
사에게 이 얘기를 전해 듣고 편지를 써서 기령에게 보고했다.
다만 출정을 늦추고 술독에 빠진 기령이 귀찮아서 이를 보지
않았을 뿐이다.

주유의 설명을 듣고 기령은 즉시 진분이 보낸 편지를 읽어
보았다. 주유의 말은 틀림없는 사실이었다. 이에 기령은 발연
대로하여 소리쳤다.

"옥새는 천자의 보물이거늘, 천하에 이름도 없는 서주목의
차자가 어찌 이를 멋대로 빼앗아 감춘단 말이냐!"

드디어 기회가 왔다고 판단한 주유는 기령을 종용하며 말
했다.

"이는 장군이 주공을 위해 공을 세울 절호의 기회입니다.
절대 놓쳐서는 안 됩니다. 원 공께서는 천하의 이 보물이 도
응 손에 들어갔다는 것을 절대 좌시하지 않을 것입니다. 그러
니 장군은 속히 군사를 이끌고 동진하여 광릉성까지 진격하
십시오. 광릉을 격파하고 옥새를 취해 원 공께 바친다면 원
공은 필시 크게 기뻐하며 장군에게 큰 상을 내릴 것입니다.

도응이 비록 손책을 격파했다고는 하나 이미 그들도 큰 손실을 입은 상황이라 장군이 군사를 몰아 공격하기만 하면 광릉을 취하는 건 여반장보다도 쉽습니다."

기령은 손으로 탁자를 내려치며 이를 악물고 말했다.

"네 말이 옳다! 천자의 보물인 전국옥새를 어찌 도응 놈이 차지할 수 있단 말이냐! 내 당장 군사를 이끌고 동진하여 이 보물을 빼앗아 주공께 바치겠다!"

주유는 속으로 쾌재를 부르며 말했다.

"장군께 한 가지 더 부탁드릴 것이 있습니다. 소인을 속히 수춘으로 보내주십시오. 소인이 원 공께 이 사실을 모두 고하고 원군을 더 요청하겠습니다."

그러자 기령이 주유를 바라보고 빙긋이 웃으며 말했다.

"이 기회에 죄를 모면해 보려는 것이냐?"

"맞습니다. 속히 공을 세워 속죄하고픈 마음이 간절합니다. 한 가지 더 말씀드리면, 소인이 도응과 여러 차례 교전을 벌이면서 그의 전법과 전술에 대해 속속들이 꿰고 있습니다. 이에 장군께 적을 격퇴할 계책을 아뢸까 합니다."

이 말에 귀가 솔깃해진 기령은 주유를 가까이 불렀다.

주유가 건의한 내용은 다음 세 가지였다.

첫째, 궁기병을 단독으로 편제해 군자군에 대응할 것.

둘째, 궁노수 예비대를 편성해 군자군 보병의 장모진에 대비할 것. 물론 주유도 도응이 특수한 상황에서만 장모진을 운용한다는 것을 알았지만 만일의 사태에 대비해 나쁠 것은 없었다. 장모진의 특징과 작전 방식에 대해서도 기령에게 상세히 서술했다.

셋째, 치고 빠지는 데 능한 군자군과 유동전(流動戰)을 피할 것. 모든 역량을 광릉성 성지 공격에만 집중해 정면 대결을 피하는 도응을 압박하고 병력 우세를 십분 활용하라고 권했다.

이밖에 주유는 군자군 기사(騎射)의 비밀까지 밝혔다. 기령 앞에서 직접 끈으로 등자를 연결한 안장을 보여주며, 이를 말에 장착하면 기병이 말을 달리며 활을 쏘는 데 크게 도움이 될 것이라고 말했다.

기령은 주유의 건의를 모두 듣고 등자를 연결한 말안장까지 직접 보자 손뼉을 치며 크게 기뻐했다. 주유의 재능을 높이 산 기령은 자신이 원술 앞에서 보증이 되어 줄 테니 자신의 참모가 되어 함께 광릉성을 공격하자고 권유했다. 그러나 주유는 기령의 호의를 거절하고 자신을 꼭 원술에게 압송해 달라고 간청했다.

기령은 주유를 옆에 두고 싶은 마음이 간절해 좋은 말로 설득했다.

"공근, 어찌 고생을 사서 하려는가. 내 말 한마디면 주공께서도 모든 잘못을 사해주실 것이네. 또 광릉을 차지하기만 하면 관직도 얻을 테인데, 왜 군이 죄수들과 함께 수춘에 가려는 것인가?"

주유는 고개를 가로저으며 다시 한 번 간청했다.

"장군의 호의는 마음으로만 받겠습니다. 소인이 원 공 앞에서 죄를 청하려는 건 사실 서주 5군의 일과 깊은 관련이 있습니다. 그러니 원컨대 소인을 꼭 수춘으로 보내주십시오."

기령은 주유의 태도가 완강한 것을 보고 하는 수 없이 부하들에게 최대한 빨리 죄수들을 수춘으로 압송하라고 명했다. 또 주유의 청에 따라 전국옥새가 도웅의 손에 들어갔다는 것과 원술에게 주유를 꼭 만나보라는 내용이 적힌 친필 편지를 써주었다.

주유와 죄수들은 닷새가 걸려 수춘으로 압송되었다. 주유는 다시 간수를 매수하여 사흘이 지나 기령이 써준 편지를 원술에게 전달할 수 있었다. 원술은 이 편지를 보고 당장 주유를 불러들이라 명했다. 편지에 주유는 뛰어난 인재이므로 반드시 수하에 두어야 한다는 기령의 신신당부가 있었던 터라 원술은 주유를 보자 온화한 말투로 물었다.

"자네가 주공근인가? 주 태위의 후손이라던데 사실이냐?"

주유가 예를 갖춰 공손히 대답했다.

"그렇습니다, 원 공. 소인의 종조부(從祖父)인 주경(周景) 공과 백부인 주충(周忠)은 조정에서 태위직을 역임하셨습니다. 또 원 공의 부친인 원봉(袁逢) 공과 소인의 조부께서 함께 관직에 계셨던 관계로 사이가 자못 좋았습니다."

"이런 명문가의 후예가 어찌하여 손책 놈을 따라 반역을 일으킨 것이냐?"

주유는 급히 무릎을 꿇고 머리를 조아리며 죄를 청했다.

"소인이 잠시 정신이 나가 역적을 따른 죄 만 번 죽어 마땅합니다. 원 공께서 아량을 베푸시어 소인의 목숨을 살려주신다면 이 은혜 죽음으로써 보답하겠습니다."

기령의 편지도 있고 해서 원래 주유를 죽일 마음이 없었던 원술은 선심 쓰듯 말했다.

"좋다. 네 조부의 얼굴을 보아 잠시 너를 살려두겠다. 하지만 내 물음에 한 치라도 거짓이 있다면 목숨을 부지하지 못할 줄 알라!"

"여부가 있겠습니까. 소인이 알고 있는 것은 빠짐없이 아뢰겠습니다."

"듣자니 손책 놈이 죽기 전에 서주 도응에게 옥새를 빼앗겼다던데, 사실이냐? 그리고 그 옥새는 진짜가 맞느냐?"

"원 공께 아룁니다. 이는 모두 틀림없는 사실이며, 옥새 또한 손책의 아비가 낙양에서 얻은 전국옥새가 확실합니다."

이어서 주유는 도응이 전국옥새를 편취한 전후 사정을 소상히 설명했다. 이를 듣고 난 원술은 발연대로하여 책상을 치며 소리쳤다.

"손책 놈이 어찌 감히 날 속였단 말이냐? 내 하해와 같은 은혜를 베풀었거늘 외려 날 배반하고 전국옥새를 몰래 감추다니! 내 이놈을 부관참시하여 한을 씻고 말겠노라!"

"원 공의 말씀이 지극히 옳습니다. 손책의 죄는 만 번 죽어 마땅합니다."

주유는 원술의 말에 맞장구를 치더니 화제를 돌려 조심스럽게 말했다.

"다만 소인이 보기에 더 가증스러운 것은 바로 도응 놈입니다. 옥새가 손책에게 있다는 소식을 듣고, 또 원 공의 대장인 진분이 곧 당도한다는 사실을 알고서 옥새가 원 공 손에 들어갈까 봐 이런 흉계를 꾸며 손책에게서 옥새를 취했으니 그 죄가 훨씬 더 중합니다."

그러자 원술이 코웃음을 치며 말했다.

"흥, 젖비린내 나는 이 황구소아 놈을 내 조만간 사로잡을 것이다. 기령이 이미 광릉으로 출격했으니 만약 전국옥새를 내놓지 않는다면 우리 대군이 광릉을 격파하고 그놈 목을 가져올 것이야!"

"기령 장군이 광릉을 대파하고 도응 놈의 목을 취하는 건 어렵지 않지만 전국옥새를 가져오기는 쉽지 않을 것입니다."

"그게 무슨 말이냐?"

"곰곰이 생각해 보십시오. 도응은 분명 옥새를 얻은 후 원공께 빼앗길까 두려워 급히 이를 서주성의 도겸에게 보냈을 가능성이 높습니다. 따라서 기령 장군이 광릉을 격파한다 해도 하늘이 내린 이 보물을 취하기는 어렵습니다."

원술도 고개를 끄덕이며 주유의 말이 일리가 있다고 여겼다. 광릉은 자신과 도겸의 주전장이라 형세가 매우 급박하게 돌아가는데, 이런 보물을 광릉에 그대로 남겨둘 리가 없었다.

원술의 안색을 살피던 주유는 마침내 기회가 왔다는 생각에 아첨하며 말했다.

"원 공은 사세삼공의 명문가 출신에 큰 공덕을 쌓아 온 백성이 심복하고 해내에 명망이 자자합니다. 여기에다 전국옥새까지 손에 넣는다면 어찌 천하를……."

원술은 주유를 힐끗 보더니 그의 말을 자르며 말했다.

"전국옥새가 도겸 부자의 수중에 있다면 어찌해야 좋겠느냐?"

주유는 원술이 칭제할 마음이 있음을 알고 속으로 피식하고 웃더니 대답했다.

"원 공께서 전국옥새를 취하시기란 조금도 어렵지 않습니다. 신의 계책 하나면 옥새를 빼앗아올 수 있음은 물론 서주 5군까지 차지할 수 있습니다."

이 말에 원술은 눈이 번쩍 떠지더니 빨리 계책을 말하라고 다그쳤다.

"전국옥새는 천자의 보물이라 원 공처럼 덕이 있는 자가 아니라면 소유해선 안 됩니다. 그런데 도겸 부자가 부당한 방법으로 이를 차지했으니 분명 천하 제후들의 표적이 될 것입니다. 이때 원 공께서 천하 군웅들에게 역적을 토벌하자는 격문을 반포한다면 군웅들은 필시 벌 떼처럼 들고일어나 도겸을 공격할 것입니다. 이후 회남의 군사를 일으켜 일로는 패국(沛國)을, 일로는 하비를 공격하고, 기령 장군에게 원군을 주어 광릉을 맹공한다면 도겸 부자는 앞뒤로 공격을 당하는 형국이돼 눈뜨고 패망을 지켜볼 수밖에 없습니다. 이로써 서주 5군의 절반 토지와 전국옥새가 원 공에게 돌아올 것입니다."

본래부터 서주를 취할 마음이 있던 원술은 주유의 절묘한 계략에 손뼉을 치며 크게 소리쳤다.

"이 계책이 내 뜻과 꼭 부합하는구나. 당장 격문을 써서 천하 군웅들에게 역적을 토벌하자고 알려야겠다!"

"소인의 계책을 채납해주셔서 황공할 따름입니다. 원 공의 덕으로 격문을 반포하면 천하 군웅들이 벌 떼처럼 일어나 과거 동탁을 토벌할 때와는 비교도 되지 않을 것입니다."

주유가 흐뭇한 미소를 지으며 계획이 거의 완성됐다고 만족해할 즈음에 누군가 급히 안으로 들어왔다. 보니 원술 휘하의

아첨꾼 양굉이었다. 그는 원술 앞에 달려오자마자 만면에 희색을 띠고 큰소리로 말했다.

"주공, 축하드립니다. 경사도 이런 경사가 없습니다!"

한창 옥새를 얻을 꿈에 부풀어 있던 원술은 짜증난 목소리로 물었다.

"대체 무슨 기쁜 일이기에 이리 촐싹대느냐?"

"서주의 도겸이 사신을 보내 화친을 청하러 왔습니다."

이 말에 원술이 대로했다.

"화친이라고? 도겸이 꿈도 야무지구나! 그의 아들놈이 구강을 침입해 우리 장사를 몰살했는데 감히 화친이라니? 당장 사자의 목을 베 도겸에게 돌려보내라!"

이 말에도 양굉은 여전히 싱글싱글하며 말했다.

"주공, 너무 서두르지 마시고 소신의 말을 끝까지 들어보십시오. 도겸의 사자가 수많은 예물과 함께 진귀한 보물 하나를 가지고 왔습니다. 바로 손책 수중에 있던 전국옥새입니다!"

"뭐라고?!"

주유와 원술은 합창하듯 놀라 비명을 질렀다. 이어서 주유의 얼굴이 백짓장처럼 하얗게 변했다. 도응 놈이 또 선수를 쳤다는 생각에 분노가 끓어올라 몸을 부들부들 떨었다.

원술은 뛸 듯이 기뻐하며 큰소리로 물었다.

"전국옥새라고? 그것이 사실이냐?"

양굉이 만면에 웃음을 띠고 대답했다.

"틀림없는 사실입니다. 서주 사절단이 수춘성 성문 앞에 당도해 그 자리에서 전국옥새를 내보였습니다. 사자인 노숙이 옥새를 받쳐 들고 성안으로 걸어 들어오며 주공께 옥새를 바치겠다고 공언하는 통에 소신을 포함해 여러 문무 대신과 무수한 수춘 군사, 백성이 두 눈으로 똑똑히 옥새를 지켜봤습니다."

"알겠다. 당장 문무백관을 소집해 중문을 활짝 열고 서주 사자를 영접하라!"

"예!"

양굉이 큰소리로 대답하고 나가자 원술은 주유를 심드렁한 눈빛으로 바라보았다.

끈 떨어진 뒤웅박 신세가 된 주유는 사태를 만회하려 급히 화제를 전환했다.

"원 공, 옥새는 받아도 좋지만 화친은 절대 허락해선 안 됩니다. 서주는 조조의 난을 겪은 지 얼마 안 돼 원기가 크게 상했습니다. 지금이 바로 서주 5군을 빼앗을 절호의 기회……."

"주공, 주공!"

주유의 말이 채 끝나기도 전에 방금 문을 나간 양굉이 다급히 다시 돌아와 원술에게 서신 한 통을 건네며 말했다.

"소신이 너무 기쁜 나머지 중대한 일을 깜빡했습니다. 용서하십시오. 서신은 기령 장군이 보낸 급보입니다. 아군 세작의 말에 따르면 기도위 장패가 대군을 거느리고 광릉으로 남하하고 있다고 합니다. 지금 이미 하상에 이르러 이레 정도면 광릉에 당도해 현 병력으로는 공격이 만만치 않다며 주공께 원군을 요청했습니다."

이 말에 주유의 얼굴은 점점 잿빛으로 변해갔다. 아니나 다를까 옥새에 마음을 빼앗긴 원술은 금세 생각이 바뀌어 손을 내저으며 말했다.

"기령에게 잠시 군사를 움직이지 말라고 회신을 보내라. 내 서주 사자와 이야기를 나눈 후 다시 명을 내리겠다."

양굉이 재차 명을 받고 나가자 원술은 이제 쓸모없어진 주유를 귀찮아하며 소리쳤다.

"여봐라, 주유를 옥으로 돌려보내라. 후일 다시 처분을 내리겠다."

원술의 명에 좌우의 호위병들은 주유를 다시 감옥으로 끌고 갔다. 주유는 마음을 진정시키려고 노력했지만 다 된 밥에 재가 뿌려진 상황이 너무 억울해 속이 터져 버릴 것만 같았다. 이에 다리에 힘이 풀려 호위병에게 거의 질질 끌려가다시피 하던 주유의 마음속에는 오직 한 가지 생각뿐이었다.

'탐욕만 가득하고 지모가 없는 원술 필부 놈아, 너는 절대 도웅 놈의 적수가 되지 못한다. 조만간 간사한 그놈에게 패배하고 말 것이다! 아, 다른 자의 칼을 빌려 백부의 원수를 갚기가 이리도 어렵단 말인가!'

주유가 어찔어찔한 상태로 무사에게 끌려간 지 얼마 지나지 않아 원술의 문무 관원들이 서주의 사자를 접견하러 속속 대당으로 모여들었다.

마음 급한 원술은 이미 가서 대기 중이었다. 잠시 후 서주 관복을 입은 노숙이 양손에 전국옥새를 받쳐 들고 호위병의 안내를 받으며 성큼성큼 대당으로 들어왔다. 노숙은 원술에게 예를 행한 후 낭랑한 목소리로 말했다.

"서주 사자 노숙, 주군의 명을 받들어 대한의 좌장군 원 공을 배알합니다. 주군의 차자인 도웅 공자가 원 공께 두 가지 부탁이 있사오니 원컨대 청을 이루어주십시오."

원술은 흥분된 마음을 억지로 진정시키며 물었다.

"무슨 청이오?"

노숙은 원술에게 다가가 전국옥새를 바치며 큰 목소리로 말했다.

"첫째는 원 공께 서주와 전쟁을 멈추고 화친을 청합니다. 둘째는 공자를 대신해 이 전국옥새를 천자 어전에 돌려주시기 바랍니다! 그 외에는 아무것도 바라지 않는다고 전하라 했습니다."

도웅이 옥새를 건네면서 어떤 물질적 조건도 요구하지 않자 원술로서는 기쁘기 한량없었다. 원술이 만면에 희색을 띠고 군침을 흘리는 것을 본 문무 관원들이 도웅의 요청을 받아들이라고 권하자 원술은 빈말로 몇 번 거절하다니 마지못해 응낙하는 척하며 노숙으로부터 직접 전국옥새를 건네받았다.

노숙은 원술이 기뻐 어쩔 줄 몰라 하는 틈을 타 재빨리 정전을 요청하고, 원술군과 서주군이 동맹을 맺어 천하의 군웅을 대적하자고 제안했다. 원술은 군사 하나 쓰지 않고 옥새를 얻은 데다 도웅이 보낸 서신의 말투가 매우 공손한 것을 보더니 마침내 정전을 수락하고 사신을 서주에 보내 다시 맹약을 체결하기로 약속했다.

도웅이 맡길 임무를 원만히 처리한 노숙은 즉각 작별 인사를 하고 광릉으로 돌아갔다. 원술도 기령에게 전령을 보내 광릉 공격을 멈추고 당장 철수하라고 명했다. 이로써 우여곡절이 많았던 광릉 전투는 원술과 도웅이 화친을 하는 것으로 끝을 맺었다.

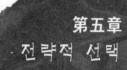

第五章

전략적 선택

노숙이 사절단을 이끌고 광릉으로 돌아왔을 때, 기령이 거느린 원술 대군은 이미 구강으로 철수했고 장패가 친히 거느리고 온 8천 구원병도 광릉성에 당도해 도웅의 서주군과 합류해 있었다.

노숙은 광릉성에 이르러 도웅과 장패, 장광 등이 공무 때문에 남쪽의 강도로 내려갔다는 전갈을 받았다.

날이 아직 이른 것을 본 노숙은 아예 강도로 직접 내려가 도웅에게 원술과 만나고 온 일을 보고하기로 했다.

강도가 가까워지자 강나루 동쪽 수군 영지에 있는 군자군과 도응이 눈에 띄었다.

이때 도응은 강변 초소에서 장강의 풍광을 감상하고 장강 남쪽을 바라보며 뭔가 생각에 잠긴 듯했다.

곁에서는 장광, 서성 외에 장패, 손관, 오돈 등 낭야 장수들이 아예 술자리를 벌이고 함께 술을 마시며 경치를 구경하고 있었다.

노숙이 초소로 걸어 들어오는 모습을 본 도응이 웃는 얼굴로 맞이하며 말했다.

"군사, 고생이 많았소. 사람들을 이끌고 군사의 개선을 맞으러 나가지 못해 미안하오."

이에 노숙이 공수하고 미소를 지으며 대답했다.

"제 성격을 잘 아시잖습니까? 신은 시간만 낭비하는 번잡하고 불필요한 예절을 가장 싫어합니다. 공자가 마중을 나오지 않아 오히려 훨씬 편했습니다."

그러고는 옆에 있는 장패 등을 가리키며 물었다.

"공자, 이 장수들이 혹시 공자가 자랑하시던 낭야의 그 영웅들입니까?"

노숙의 말에 장패의 입이 함지박만 하게 벌어졌다.

평소 도응이 자신을 어떻게 평가하고 있는지를 반증하는 말이었다.

도응은 고개를 끄덕인 후 노숙을 장패 등에게 안내해 서로 소개를 시켰다.

인사가 끝나자 노숙이 장패에게 말했다.

"선고 장군은 약속을 천금처럼 중히 여기고 의리가 하늘의 구름처럼 두터우니 실로 존경스럽습니다."

장패는 매우 흡족해하며 노숙의 말에 답했다.

"과찬이십니다. 애초에 공자에게 착융의 목을 가져오면 주공 막하로 돌아가겠다고 한 말은 공자가 소장을 얼마나 중시하는지 떠본 것에 불과했습니다. 그런데 전혀 예상치도 못하게 공자가 그 길로 군사를 이끌고 남하하여 8백 군자군으로 수만의 적을 무찌르고 정말 착융의 목을 벤 것 아니겠습니까? 그러니 어찌 소장이 따르지 않을 도리가 있겠소이까? 하하!"

여기까지 말한 장패는 잠깐 도응을 보고 웃더니 말을 이었다.

"광릉에 당도했을 때 애석하게도 손책은 이미 공자와 군사의 묘책에 걸려 패망하고, 원술도 군사의 설득으로 정전에 동의하는 바람에 소장은 공자를 위해 적병 하나도 죽이지 못했지 뭡니까? 부끄러울 따름입니다."

이 말에 노숙이 웃으면서 말했다.

"장군의 말은 틀렸소이다. 장군이 도공의 휘하로 다시 돌아와 도공은 천군만마를 얻었고, 공자도 수족을 얻었습니다. 지금 이후로 천하의 제후들이 감히 서주 5군을 엿보지 못한다면 이는 모두 장군과 낭야 제장의 공입니다. 서주 5군의 백성을 지키는 것이 어찌 군사 몇 명 죽이는 것과 비교가 되겠습니까?"

노숙은 출신이 미천하고 자존심 강한 자들을 다루는 법을 잘 알고 있었다.

칭찬 몇 마디로 치켜세워 주면 웬만해서는 배신하는 법이 없다.

그런 노숙의 칭찬에 장패와 그의 수하들은 크게 기뻐하며 마치 오랜 친구를 만난 것처럼 노숙과 즐겁게 얘기를 나누었다.

장패 등과 환담하던 도중에 노숙은 얼핏 도응을 쳐다보았다.

그런데 도응은 초소 가장자리에 서서 넋이 나간 듯 장강 남쪽을 바라보고 있었는데 손에는 화려한 문자와 도안이 새겨진 흰색 비단 두 폭이 들려 있었다.

노숙은 뭔가 낌새를 눈치채고 장패 등과 얘기를 나누던 자리에서 빠져나와 도응 곁으로 다가가 조용히 물었다.

"공자, 넋이 나가 장강을 바라보던데 무슨 고민이라도 있습니까?"

도응은 아무 대답도 없이 수중의 비단 두 폭을 노숙에게 건넸다.

노숙이 받아서 보니 한 폭은 조정에서 책봉한 양주자사(揚州刺史) 유요의 서신이었다.

편지의 내용인즉, 손책이 서주를 침입한 사실을 알고 자신이 손책의 외삼촌인 오경과 사촌인 손분(孫賁)을 곡아에서 내쫓았다는 것.

그리고 그들이 손책의 가솔을 이끌고 완릉(宛陵)으로 도망갔다는 것과 서주군과 맹약을 체결해 함께 원술을 공격하고 원술을 멸한 후에는 구강을 도씨 부자에게 떼어주겠다는 것이었다.

이어 나머지 비단을 펴보고서야 노숙은 도응의 의도를 알아차릴 수 있었다.

어디서 얻었는지 모르겠지만 이 비단에는 뜻밖에 강도 맞은편에 위치한 단도(丹徒) 일대의 유요군 병력 배치도가 상세히 그려져 있었다.

도응은 잠시 원술의 위협에서 벗어나자 눈길을 강남의 풍요로운 땅으로 돌린 것이 분명했다.

노숙은 서신과 병력 배치도를 다시 돌돌 말며 담담하게 설명했다.

"공자, 신이 보기에 유요와 맹약을 맺어서는 절대 안 됩니다. 유요는 심성이 늑대와 같고 이익을 보면 의리를 잊는 자라 맹우로서 부적격입니다. 유요가 처음 회남에 왔을 때 원술에게 쫓겨나 몸을 맡길 곳이 없었습니다. 이때 오경과 손분이 그를 맞이해 곡아에서 정착하게 했습니다. 그런데 유요는 강남에서 자리를 잡자마자 오경과 손분의 군대를 빼돌리고 온갖 수단으로 이들을 위협해 병탄할 마음을 품었습니다. 지금 손책이 죽자 유요는 낯빛을 바꾸고 무력으로 그들을 곡아에서 쫓아냈습니다. 이처럼 배은망덕한 자와 손을 잡으면 백해무익할 뿐 아니라 다시 원술을 격분하게 할 수도 있습니다."

도웅이 고개를 끄덕이며 말했다.

"나도 당연히 유요와 결탁할 생각은 없소. 그가 먼저 동맹을 제안한 것은 내 손을 빌려 원술을 견제하려는 속셈임을 잘 알고 있기 때문이오. 그래서 말인데 군사가 보기에 아군이 장강을 건너 유요를 공격하면 승산이 과연 얼마나 되겠소?"

"공자의 모략에다 낭야 대군의 용맹함이면 승산이 낮지 않을 것입니다. 그러나 신이 보기에 유요를 멸한다 해도 이는 전술상의 승리일 뿐 전략의 승리는 아닙니다. 즉 소탐대실을 부를 가능성이 큽니다."

"군사, 자세히 설명해 주시오."

도웅은 자못 긴장된 눈빛으로 노숙을 바라보았다.

요 며칠간 도응은 소패왕 손책을 흉내 내 일거에 강동 81주를 병탄할 계획을 준비 중이었다.

더욱이 장패의 대군을 얻은 후 소패왕의 기적을 재연할 자신감이 넘쳤다.

오늘 장강으로 온 것도 멀리 강남을 조망하며 마음을 다잡기 위함이었다.

그런데 삼국시대 일류 전략가라 칭할 만한 노숙이 반대를 제기하자 긴장이 아니 될 수 없었다.

"이유는 세 가지입니다. 첫째, 아군은 준비가 부족하고 적은 대비가 철저하기 때문입니다. 강남을 공략하는데 아군은 양초는 물론 전선, 무기가 부족한 반면, 유요는 진분이 수군을 이끌고 동쪽으로 내려온 후 만일의 사태에 대비해 이미 우저의 장영(張英)을 남쪽으로 파견해 진분의 움직임을 감시하고 있습니다. 동시에 단도의 군사력을 강화해 아군의 남하에 철저히 대비하고 있습니다. 이런 상황에서는 어떤 공격도 통하기 어려워 남정은 실패할 것이 불을 보듯 뻔합니다. 둘째, 서주 5군이 강동보다 훨씬 더 중요하기 때문입니다. 현재 서주는 내부에 우환거리가 가득하고 밖으로는 사방의 강적들이 호시탐탐 기회만 노리고 있습니다. 그런데 내환을 해소해 기업을 안정시키지 않고 도리어 남하해 남의 토지를 빼앗으려 하니, 어찌 본말이 전도됐다 하지 않을 수 있겠습니까? 만약 공자가 도강한 후 강남을 얻지 못하고, 서주에도 실수가 생긴다면 어디로 돌아가려 하십니까?"

노숙은 숨을 고른 후 말을 이었다.

"게다가 순제(順帝) 때 천하 인구 조사에서 서주의 인정(人丁)은 279만이었고, 환제(桓帝) 때는 3백만이 넘었습니다. 반면 오군(吳郡)과 단양군의 총인구는 133만에 불과합니다. 지금 서주가 전란으로 인구가 감소했다고는 하나 유요는 단지 오군 서북부와 단양 동북부의 10여 개 성밖에 차지하고 있지 않아 인구, 전량, 토지 면에서 서주에 크게 미치지 못합니다. 그러니 유요의 토지를 탐하고 서주를 버리는 것은 소탐대실일 수밖에 없습니다."

도응이 아무 말 없이 가만히 듣고만 있자 노숙은 잠시 그의 안색을 살피고 말했다.

"셋째, 현재 형세로 봤을 때 원술도 공자의 강동 공략을 좌시할 리 없기 때문입니다. 원술은 오랫동안 유요와 적대하며 일찌감치 강동을 병탄할 마음을 먹었습니다. 그런데 공자가 만약 남하해 유요를 공격한다면 원술도 필시 병력을 이끌고 이 전장에 뛰어들 것입니다. 이에 유요를 멸한다 해도 전체적인 군사력에서 압도적인 우위에 있는 원술군을 대적하기란 쉬운 일이 아닙니다. 이는 결국 우리만 실컷 고생하고 이리에게 손쉬운 먹이를 던져 준 격이 됩니다."

도응은 고개를 끄덕이더니 천천히 입을 열었다.

"그대의 이야기를 듣는 것이 십 년 독서보다 훨씬 낫구려. 내 전략적인 면에서 부족한 점이 너무 많아 생각이 짧았던 것 같소."

그러더니 손에 들고 있던 유요군 군사 배치도를 도도히 흐르는 강물에 그대로 던져 버렸다. 이어 노숙을 돌아보며 말했다.

"번거롭겠지만 군사가 내 대신 유요에게 편지 한 통만 써주시오. 아군은 이미 원술과 정전을 합의한지라 신의를 저버려 천고의 오명을 쓸 수 없으니 동맹을 맺기 어려운 점 양해 바란다고 말이오. 또 원한다면 서주군은 그와 영원히 서로 침범하지 않겠다는 약속을 맺고, 시장을 열어 상인들이 자유롭게 왕래할 수 있도록 조치하겠다고도 말하시오."

"예. 이는 유요의 북방 압력을 덜어주는 조치라 거절할 리 없을 듯합니다."

도응은 고개를 끄덕인 후 한창 주연에 빠진 장수들 곁으로 가 장광에게 말했다.

"장 장군, 광릉 전투도 이미 마무리되어 저는 며칠 후 군자군을 이끌고 서주로 돌아갈 예정입니다. 하여 광릉군을 장군이 맡아주셔야겠습니다. 서주로 돌아가면 부친께 장군의 공을 아뢰고 광릉상(相)의 직책을 더해드리지요."

"네? 광릉상이라고요?"

장광은 속으로 뛸 듯이 기뻤지만 도응에게 예를 갖추고 짐짓 사양했다.

"공자의 호의는 고맙습니다만 말장에게는 중책을 감당할 능력이 모자랍니다."

도응이 고개를 가로저으며 미소를 짓고 말했다.

"장군, 너무 겸손해 마시오. 광릉은 서주의 곡창이요, 전략적 요충지입니다. 서쪽으로는 원술이 있고 남쪽으로는 유요가 있어서 장군처럼 싸움에 능한 숙장(宿將)에게 맡겨야 저나 부친이나 마음을 놓을 수 있습니다."

이에 장광은 도응에게 거듭 감사를 표하며 목숨을 걸고 임무를 완수하겠다고 대답했다. 도응이 장광에게 다가가 말했다.

"참, 광릉은 장강과 인접하여 수적(水賊)들이 창궐하고 있습니다. 아군 수병들은 여러 해 전투를 치르지 않은데다 전선이나 무기가 부족하니 장군이 수군 문제를 잘 해결해 주십시오. 수군을 잘 훈련시키고 전선과 무기를 다량 제조하여 수적들을 몰아내십시오."

이 말에 노숙이 슬며시 미소를 지었다.

물자가 풍부한 강남땅에 여전히 미련이 남아 있음을 잘 알고 있기 때문이었다.

*　　　　　*　　　　　*

　장광에게 광릉을 맡긴 도응은 장패와 철병 날짜를 상의해 사흘 후 서주성으로 돌아가기로 결정했다. 한편 장패는 오돈에게 일군을 나누어주고 장광을 도와 광릉을 지키라고 명했다.

　애기가 얼추 마무리되자 도응은 잔을 들고 크게 탄식하며 말했다.

　"한 달 넘게 집을 떠났더니 집 생각이 간절하구려. 서주성은 요즘 상황이 어떤지 모르겠소? 부친께서 서신을 통해 병세가 많이 호전됐다고 말씀하셔서 다행이지, 안 그랬으면 마음이 불안했을 거요."

　"주공의 병세가 호전됐다고요?"

　장패는 이상하다는 듯 고개를 갸웃하며 말했다.

　"선고 형, 왜 그러십니까?"

　도응은 갑자기 불길한 예감이 들었다.

　장패는 잠시 주저하다가 사실대로 이야기했다.

　"주공께서 괜한 걱정을 끼치기 싫어 사실을 숨긴 듯 보입니다. 말장이 이번에 서주에 갔을 때, 주공의 병세는 가볍지 않았습니다. 기침을 심하게 하시고, 말장과 얼마 대화를 나누지 못하고 침소로 드셨습니다."

도응은 깜짝 놀라며 술잔을 내려놓고 의심 섞인 말투로 말했다.

"그럴 리가 없을 텐데… 내가 남정에 나설 때만 해도 분명 병세가 많이 호전됐는데……."

"하늘의 비바람은 예측할 수 없고, 사람은 화와 복이 언제 올지 모른다고 했습니다. 주공께서 공자를 그리워하며 노심초사하다가 병세가 가중됐을지도 모릅니다."

장패가 위로의 말을 건넸지만 도응은 아무 대꾸 없이 곰곰이 따져 보기 시작했다.

"부친은 천식을 앓고 계신데, 천식은 보통 건조한 겨울에 심해진단 말이지. 지금은 가을인 데다 올해 서주에 비가 많이 내리지 않았나? 또 내가 계속 승전보를 전해드려 정신이 부쩍 났다면 병세가 호전돼야 정상일 텐데……."

여기까지 생각이 미친 도응은 그제야 머릿속에 한 사람이 떠올랐다.

'내가 소수의 병력을 이끌고 남정에 나서 착융, 손책, 원술과 연이어 맞닥뜨렸으니 정상적인 사람이라면 내가 필패할 것이라고 여기는 게 당연해. 이런 상황에서 전세가 불리하게 돌아가 내가 곤경에 빠지거나 전사하기라도 해서 그 충격으로 부친이 갑자기 돌아가신다면 누가 가장 이득을 보게 될까? 음, 역시 노숙의 말이 맞았어. 내환을 제거하지 않고 세력을 확장하려는 것은 득보다 실이 많아. 빨리 서주로 돌아가 내부를 단속하는 것이 급선무야!'

第六章
유비가 물자를 요구하다

　조건만 허락된다면 도웅은 당장 광릉을 떠나고 싶지 않았다.

　강남의 비옥한 토지에 여전히 미련이 남았고 대교(大喬), 소교(小喬) 등이 눈에 아른거렸으며, 주태(周泰), 태사자(太史慈), 장흠(蔣欽) 등 동오의 장수들을 만나보고 싶은 마음이 간절했다.

　하지만 서주의 내환을 뿌리 뽑지 못한 상황에서 광릉에 머무는 것은 아무 의미가 없었다.

　이에 도웅은 장패와 함께 서주로 돌아갈 채비를 서둘렀다.

원래 장패의 본거지는 낭야였지만 난처한 문제를 해결하는 데 도움이 꼭 필요하다는 도응의 부탁에 함께 서주로 가기로 결정했다.

천생 장수인 장패는 착융의 일로 도응에게 탄복해 그의 말이라면 무조건 따르는 심복이 되었다. 물론 임청도 군자군을 따라 함께 서주로 향했다.

도응과 장패는 풍찬노숙하며 하루 만에 하비 경내에 진입했다. 그런데 하비 수장인 허탐으로부터 도겸의 병세가 더욱 악화됐다는 소식을 듣고 도응은 마음이 다급해져 군자군만 이끌고 먼저 서주성으로 달려갔다.

기동력이야 현존 최고인 군자군은 하루 밤낮으로 무려 2백 리나 내달려 서주성 동문 밖 장정(長亭)에 도착했다. 그런데 누구에게도 알리지 않고 급히 달려왔건만 이미 이곳에는 서주 최대 지주인 진규 부자가 수종을 이끌고 마중 나와 있는 것이 아닌가?

이들은 군자군 깃발을 보자 징과 북을 치고 환호하며 군자군의 개선을 환영했다.

진규와 진등 부자가 앞으로 나와 공수하며 말했다.

"공자의 개선을 축하드립니다. 광릉 전투에서 귀신같은 용병으로 적을 연파하여 천하에 위명을 떨쳤으니, 이 어찌 경사가 아니겠습니까."

도응도 급히 말에서 내려 예를 갖추고 정중하게 답례했다.

　"진규 공, 원룡 형, 친히 10리 밖까지 마중을 나와 주셔서 몸 둘 바를 모르겠습니다."

　이어 노숙을 진규 부자에게 소개시킨 도응은 궁금증이 생겨 물었다.

　"그런데 제가 서주로 돌아오는 것을 어찌 아셨습니까? 전령을 보내 행방을 알리지도 않았는데 말입니다."

　진규 부자는 서로 얼굴을 바라보고 웃더니 진등이 이에 대해 설명했다.

　"소신 일가는 서주 전역에서 전서구로 연락을 주고받고 있습니다. 어제 정오에 공자가 하비를 출발했다는 소식을 하비의 일가가 전서구를 날려 알게 되었습니다."

　도응은 이 시대에 전서구를 사용했나 싶어 고개를 갸웃하더니 번뜩 좋은 생각이 떠올라 진규 부자에게 말했다.

　"오, 그것 참 편리하고 빠른 수단이군요. 이참에 이를 부친께 아뢰고 긴급할 때 연락하기 편하도록 전서구 역을 설치합시다."

　"전서구는 훈련시키기 까다롭고 시간과 노력이 많이 소요되니 아예 소신 일가가 가진 30여 개 역을 이용하십시오. 미약하나마 힘을 보태고 싶습니다."

진규 부자가 이토록 호의를 베풀자 도응은 크게 기뻐하며 사례했다.

사실 진규 부자는 도응과 유비 사이에서 어느 편에도 서지 않고 사태의 경과를 관망하고 있었다. 그런데 도응이 광릉에서 승승장구하자 마침내 도응의 가치를 알아보고 그에게 모든 걸 걸기로 결정한 것이다.

물론 이를 잘 알고 있는 도응은 돈줄인 진규 부자가 자기편에 서자 흥분된 마음을 감추지 못했다.

진규 부자와 희희낙락하며 성으로 돌아가는 와중에 이 소식을 듣고 달려온 서주 문무 관원들과도 재회의 기쁨을 나누었다.

애초에 도응의 출정을 비웃던 무리들이 이제는 아부를 떨며 도응의 공적을 칭송하기 바빴다. 물론 그 가운데는 헛웃음을 지으며 못마땅한 표정으로 서 있는 미축 형제도 끼어 있었다.

　　　　*　　　　　*　　　　　*

도겸의 병세는 한 달 넘게 보지 못한 사이에 더욱 악화되어 있었다. 도상과 조굉의 부축을 받지 않으면 일어서기조차 힘겨워 보였다.

도응과 도기가 무릎을 꿇고 예를 행하자 병색으로 초췌한 도겸의 얼굴에 희미한 웃음이 지어졌다. 그는 연신 기침을 해대면서도 웃음을 잃지 않고 말했다.

"얼른 일어나거라. 광릉에서 연전연승한다는 소식을 받고 이 아비가 얼마나 기뻤는지 모른다."

"감사합니다, 아버님. 하지만 한 가지 용서를 구할 일이 있습니다. 소자가 손책에게서 전국옥새를 빼앗은 후 아버님께 바치지 않고 천자께 이를 돌려주라며 원술에게 건넸습니다."

하지만 도겸은 오히려 미소를 짓고 도응을 위로했다.

"응아, 만약 전국옥새를 가지고 서주로 돌아왔다면 우리 서주 5군은 편할 날이 없었을 것이다. 네가 왜 그리했는지 잘 알고 있다. 네게 멀리 내다볼 줄 아는 안목이 있어서 이 아비는 편안히 눈을 감을 수가 있겠구나."

이어 도응은 노숙을 소개하며, 그가 없었다면 이번 전투에서 승리하기 어려웠을 것이라고 치켜세웠다.

도겸은 크게 기뻐하며 노숙을 정의교위(正議校尉) 겸 무군중랑장(撫軍中郞將)에 봉하고 큰 상을 내렸다. 또한 도겸은 삼군 장사들에게 후한 상을 내리고 잔치를 베풀어 위로하라고 명했다.

부자 상봉이 끝나자 도겸 곁에는 도상이 남아 그를 보살피고, 도응을 비롯한 사람들은 모두 자사부를 나왔다. 이때 도응은 조굉에게 곁눈질을 해 인적이 없는 곳으로 그를 불렀다.

"조굉 장군, 상황이 어떻습니까? 제가 부탁한 일은 처리하셨는지요?"

조굉이 주위를 두리번거리며 아무도 없는 것을 확인하고 조용히 말했다.

"공자의 편지를 받은 후 바로 손을 썼습죠. 주공의 음식과 탕약을 담당하는 부중 하인과 의원은 사람을 붙여 샅샅이 감시하고 있습니다. 또 주공이 드시는 약의 처방과 약 달인 찌꺼기를 민간에 보내 확인했는데 아직 이상한 점은 발견되지 않았습니다."

도응은 고개를 끄덕인 후 낮은 목소리로 분부했다.

"수고했습니다. 이자들의 행동거지를 살피는 것 외에 그들의 재산 상황, 특히 최근 집이나 땅을 샀다거나 씀씀이가 헤픈 자가 있는지도 유심히 보십시오."

"염려 놓으십시오. 수상한 점이 발견되면 말장이 당장 잡아들여 문초하겠습니다."

그러더니 조굉은 다시 좌우를 유심히 살피고는 도응에게 속삭이듯 말했다.

"공자, 말장이 대공자에게 사람을 붙이는 건 어떻겠습니까? 주공의 탕약과 음식이 마지막으로 대공자의 손을 거치는데,

만약 대공자가 주공을……."

도응은 조굉의 말을 끊고 단호하게 말했다.

"그럴 필요 없소. 형님은 절대 그럴 사람이 아니오. 장군은 맡은 임무나 충실히 해주시오."

"하지만 공자가 원정을 나갔을 때 만일의 사태가 발생한다면 가장 이득을 보는 사람은 바로 대공자입니다."

도응은 단호히 고개를 내저으며 꾸짖듯 말했다.

"형님과 나는 피를 나눈 형제요. 훗날 서주자사가 되지 못한다 해도 절대 형님을 의심하는 일은 없을 것이오. 다시는 그런 말을 입에 담지 마시오!"

도응의 호통에 조굉이 머쓱해하자 도응은 그의 어깨를 두드리며 말했다.

"조 장군, 나도 장군의 호의를 잘 알고 있소. 하지만 내가 서주성 안에서 유일하게 믿고 있는 두 사람은 바로 내 형님과 장군이오. 두 분은 절대 부친을 해할 리가 없소. 따라서 장군은 내 믿음에 금이 가게 하지 말아주시오."

조굉은 도응이 자신을 이토록 신뢰한다는 것을 알고 크게 감격해 공수하고 말했다.

"분에 넘치는 공자의 호의에 감읍할 따름입니다. 주공의 병세 악화가 정말 누군가의 수작이라면 말장이 반드시 이를 밝혀내 공자의 기대를 저버리지 않겠습니다."

도웅이 서주로 돌아온 지도 어느덧 사흘이 지났다.

그동안 도웅은 조굉과 함께 비밀리에 도겸의 병세가 악화된 이유를 조사했다. 그러나 수확은 하나도 없고, 실마리조차 찾기 어려웠다.

도웅은 자신이 지나치게 과민 반응을 보인 것은 아닌지 의심이 들었다. 도겸이 단지 연로하고 병약하여 병세가 악화되는 것인지도 몰랐다.

그러던 차에 장패의 군대가 도착했다는 보고가 들어왔다. 도겸의 병세 때문에 머리를 싸매고 고민하던 도웅은 차라리 잘됐다 싶어 문무 관원들을 이끌고 장패를 맞이하러 나갔다. 도웅은 조표에게 장패의 군대가 머물 군영을 마련해 주고 술과 고기로 삼군을 호궤하라고 명했다.

도웅이 장패 및 서주 장령들과 한창 주연을 즐길 즈음, 도겸의 전령이 숨을 헐떡거리며 달려와 도웅에게 급히 자사부로 오라는 도겸의 명을 전했다.

도웅은 혹시 부친의 병세가 악화된 것은 아닌가 싶어 급히 자사부로 달려갔다.

자사부에 당도하자 도웅은 평소와 달리 분위기가 매우 심상치 않음을 깨달았다.

이에 빠른 걸음으로 대당으로 들어서니, 거기에는 유비의 사신인 간옹(簡雍)이 와 있었다. 도겸 곁에는 조굉과 노숙, 진규 부자가 나란히 앉아 있었다.

도상은 계속 기침을 해대는 도겸을 돌보며 수심 가득한 얼굴을 하고 있었다. 이때 도상은 도웅이 들어오는 모습을 보고 급히 손짓을 하며 도웅을 불렀다.

"아우! 빨리, 빨리 오게. 유비 공이 사신을 보내서 부친과 대사를 논의 중인데, 부친께서 병이 깊어 결정을 못 내리시고 있으니 아우가 와서 얘기해 보게."

도웅은 무슨 큰일인지 당장 묻지 않고 먼저 간옹에게 예를 갖춰 인사했다. 간옹이 답례를 하며 말했다.

"도 공자, 우린 구면이지요. 처음 뵀을 땐 평범한 자사부의 공자였는데 지금은 이미 천하에 명성이 자자해졌습니다. 비결이 무엇인지 이 간옹에게도 알려주시지요."

도웅은 엷은 미소를 띤 채 다시 한 번 공수하며 말했다.

"여전히 백면서생에 불과한 저에게 과찬이십니다. 선생은 필시 유비 공의 명을 받고 먼 길을 오셨을 텐데, 대체 무슨 일입니까?"

간옹도 미소를 띠며 대답했다.

"사실 좋은 일로 온 것이 아닙니다. 연주의 상황이 예상 밖으로 흘러가 조조와 여포가 군대를 거두고 전쟁을 멈췄습니다. 하여 서주에 곧 화가 닥치지 않을까 유비 공께서 심려가 크십니다."

이 말에 도응은 덜컥 심장이 내려앉았다. 하지만 겉으로는 아무 내색도 하지 않고 차분하게 물었다.

"조조와 여포가 왜 전쟁을 멈춘 것입니까? 그리고 현재 연주의 형세는 어떠한지요?"

"이유는 간단합니다. 황해(蝗害) 때문입니다."

간옹은 조조와 여포가 정전을 했다는데도 미동도 하지 않는 도응을 보고 살짝 기분이 상해 거드름을 피우며 대답했다.

"올해 연주에 비가 거의 내리지 않아 가뭄이 크게 들었었는데, 추수 때가 되어 메뚜기 떼까지 나타나 얼마 안 되는 작물을 모조리 먹어치웠습니다. 연주 8군에는 수확할 쌀 한 톨도 없어 양식 값이 천정부지로 뛰었습니다. 군량이 끊기자 조조는 하는 수 없이 견성으로 퇴각하고 여포도 산양(山陽)으로 물러났습니다."

이는 서주에 좋지 않은 소식이 틀림없었다.

서주도 올해 작황이 별로 좋지 않았지만 그런대로 가을걷이를 해 양식을 쌓아놓은 상태였다. 조조든 여포든 군사를 먹이지 못할 정도로 식량이 부족하다면 하늘이 내린 이 땅을 노리지 않을 리 없었다.

도응이 아무 말도 없자 간옹이 말을 이었다.

"이런 상황으로 미뤄볼 때, 유비 공은 조조 대군이 곧 서주로 밀려올 것이라고 확신하고 계십니다. 이에 전쟁 준비를 논의하기 위해 소신을 도 사군께 파견한 것이고요."

이놈들이 이를 빌미로 또 뭔가 뜯어내려 한다는 것을 직감한 도웅이 간옹에게 물었다.

"그럼 유비 공은 어찌 대비하실 생각입니까?"

간옹이 미소를 지으며 막 입을 떼려고 할 때, 도겸 곁에 있던 도상이 비분해 소리쳤다.

"아우, 유비 공이 군대를 확장해야 한다며 부친께 식량 20만 휘와 전마 천 필을 요구했네!"

'이런 쳐 죽일 놈!'

도웅은 속에서 욕이 절로 나왔다. 전마 천 필은 차치하고라도 식량 20만 휘면 만 명 가까운 군대의 1년 치 양식이다. 이는 또 광릉을 제외한 서주 전역 창고에 쌓인 식량의 절반이 넘는 양이었다.

이를 유비에게 내준다면 서주 군대는 뭘 먹고 산단 말인가?

게다가 장패 군대까지 책임져야 했기에 서주의 부담은 더욱 가중된 상태였다.

간옹이 이내 부드러운 얼굴을 하고 차분히 설명했다.

"공자, 오해하지 마십시오. 우리 주공께서도 어쩔 수 없었

습니다. 조조 대군이 얼마나 무시무시한지 공자도 친히 보셨
잖습니까? 여포 또한 만만한 상대가 아닙니다. 수하에 맹장이
구름과 같이 많고, 모사인 진궁은 책략이 바다처럼 깊습니다.
이런 상황에서 최전방에 있는 우리 주공이 휘하의 5천 병마
로 어찌 호랑 같은 군대를 막아낼 수 있겠습니까? 따라서 이
요구는 모두 서주 5군과 서주 백성을 위한 일이니 공자께서도
현명하게 판단하시기 바랍니다."

거부하기 어려운 협박을 통해 이익을 얻어내려는 간옹의
말에 도상은 억울해 눈물을 흘리고 도겸은 연신 기침을 해댔
으며 조굉은 눈을 부릅뜨고 노기를 드러냈다.

한편 노숙과 진규는 아무 내색도 하지 않고 인내심 있게
도응의 반응을 기다렸다. 마침내 도응이 냉정을 유지한 채 간
옹에게 말했다.

"잘 알겠습니다. 선생께서는 잠시 역관에서 쉬고 계십시오.
제가 부친과 상의한 후 다시 답을 드리겠습니다."

굳이 서두를 필요가 없었던 간옹은 여유롭게 사람들에게
작별 인사를 하고 자리에서 일어났다. 간옹이 나가자 자사부
대당은 일순간 침묵에 휩싸였다.

도겸의 기침 소리 외에는 아무 소리도 들리지 않았다. 도
응을 포함해 모두들 미간을 찌푸리며 대책을 강구하기 바빴
다.

이때 장패와 조표가 소식을 듣고 자사부로 급히 달려왔다. 유비의 사신이 찾아온 이유를 들은 양원 대장은 화를 버럭 내며 이를 바득바득 갈았다.

第七章
반간계

"이놈은 정말 후안무치한 사기꾼 놈입니다!"

본래부터 유비가 눈꼴 시렸던 조표는 두 주먹을 불끈 쥐었다. 화가 나 얼굴까지 일그러진 조표는 도겸 앞에 무릎을 꿇고 소리쳤다.

"주공, 더는 참아선 안 됩니다. 유비 간적 놈이 서주에 온후 우리에게서 가져간 전량과 치중이 얼맙니까? 그런데 또 양식 20만 휘와 전마 천 필이라니요? 유비 놈과 결판을 지어야합니다, 주공!"

장패도 이 말에 동조하며 노호했다.

"주공, 유비는 탐욕이 끝이 없어 하나를 주면 열을 요구할 놈입니다! 말장이 본부 병마 7천을 이끌고 가 유비와 결사전을 벌이겠습니다. 이놈의 목을 베지 못하더라도 서주에서 꼭 쫓아내고 말겠습니다!"

"선고 장군, 함께 갑시다! 주공, 말장 조표가 장 장군과 함께 소패로 가 유비 놈의 목을 베 주공께 바치겠습니다!"

도겸은 괴로운 얼굴을 하고 아무 말 없이 연신 기침만 해댈 뿐이었다. 이에 곁에 있던 진규가 이들을 만류했다.

"두 분 장군은 잠시 노여움을 거두십시오. 만약 일순간의 분노를 참지 못하고 유비와 개전한다면 그의 계략에 떨어지게 됩니다. 유비는 틀림없이 우리에게 배은망덕의 오명을 씌우고 대의의 깃발을 높이 들어 무력으로 서주를 탈취하려 들 것입니다."

장패가 진규의 말을 무시하고 외쳤다.

"칼 대 칼이라면 유비가 무에 두렵겠소! 주공과 두 분 공자는 염려 마십시오. 조 장군의 단양병과 이공자의 군자군도 필요 없이 말장의 낭야군만으로 유비 도적놈을 충분히 상대할 수 있습니다!"

이때 노숙이 불쑥 끼어들어 장패에게 물었다.

"장 장군, 만약 유비가 조조 대군을 전장에 끌어들이면 어찌하시겠습니까?"

노숙의 말에 조표가 놀라며 말했다.

"조조 대군을 끌어들인다고요? 그게 가능하겠습니까? 지난번 유비가 서주를 구할 때 조조 병사들을 죽여 조조와 원한을 맺었습니다."

"충분히 가능한 얘깁니다. 지난번 유비는 서주를 구한다는 대의명분이 있었습니다. 이번에 우리가 은혜를 원수로 갚아 유비를 공격한다면, 유비는 또다시 맞서 싸울 수밖에 없다는 대의명분을 얻게 됩니다. 따라서 조조에게 원군을 청하는 것이 가능해집니다. 조조야 기근으로 곤경에 처한 데다 부친의 원한을 갚아야 한다는 명분이 있으니 이 전장에 뛰어들지 않을 리 있겠습니까?"

"여기에 여포도 있습니다!"

이번에는 진등이 나서서 쓴웃음을 지으며 말했다.

"여포는 변덕이 심하고 이익을 보면 의를 잊는 자로 천하에 악명이 높습니다. 아군과 유비군이 개전한 후, 유비가 여포에게 구원을 청하지 않더라도 식량 부족에 허덕이는 여포라면 천재일우의 이 기회를 놓칠 리 없습니다. 이때가 되면 우리는 세 군데 적을 상대해야 합니다. 아군이 조조와 여포의 군대를 한꺼번에 상대할 수 있다고 보십니까?"

이 말에 조표와 장패가 꿀 먹은 벙어리가 되자 진규가 탄식하며 말했다.

"아, 유비의 이번 수는 실로 절묘합니다! 조조의 재침을 막고, 여포의 약탈을 막는다는 명분으로 물자를 요구했으니 거절하기 어렵습니다. 만약 주지 않으면 도의를 저버린 것이 돼 유비에게 개전의 빌미를 주고, 또 그가 호랑이를 집 안으로 끌어들여 차도살인할 수 있는 기회를 주게 됩니다."

성격이 유약한 도상은 진규 부자와 노숙의 설명을 듣고 마음이 쿵쾅쿵쾅 뛰며 안절부절못했다.

"그럼 내줍시다. 액땜한 셈치고 우리가 조금만 더 고생하면 됩니다. 유비가 요구한 양식과 전마를 보내 조조와 여포를 막게 하는 것이 최선입니다."

이때 노숙이 불쑥 끼어들어 큰소리로 말했다.

"절대 내어줘선 안 됩니다. 이 방대한 전량을 유비에게 주는 건 위험을 자초하고 후환을 키우는 것과 진배없습니다!"

진등도 고개를 저으며 냉랭하게 말했다.

"맞는 말씀이오. 유비가 서주에 들어온 이래로 은덕을 널리 베풀어 인심을 산 이유는 서주 5군을 집어삼킬 마음이 있었기 때문입니다. 이런 그에게 이 엄청난 전량을 내주는 것은 양호유환(養虎遺患:범을 길러 후한을 남긴다)과 같습니다. 그때가 돼 유비는 병력이 강화됐는데 아군은 군량이 없어 허덕인다면 어떤 결과를 빚겠습니까?"

도상이 답답해하며 말했다.

"그럼 대체 주자는 것이오? 말자는 것이오?"

노숙과 진규 부자는 뾰족한 수가 없어 서로의 얼굴만 멀뚱멀뚱 바라보고 있었다. 이때 기침을 멈추지 않던 도겸이 힘겨운 표정을 지으며 길게 탄식했다.

"이리를 집으로 끌어들이고 범을 길러 후환을 남기는 짓을 애초에 하지 말았어야 했어. 애초부터 하지 말았어야 했는데……."

도웅은 시종 아무 말이 없었다. 이때까지 그는 유비의 의도를 되짚어보고 있었다.

유비는 자신의 광릉 전과를 듣고 분명 크게 놀라 도겸이 그에게 서주를 양보할 가능성이 희박해졌다는 걸 느꼈을 것이다.

이에 서주를 병탄할 유일한 방법은 무력뿐인데, 이미 군자군의 위력을 들은 데다 장패까지 낭야 대군을 이끌고 서주로 귀환했으니 유비 혼자 힘으로는 승산이 거의 없음을 깨달았을 것이다.

이때 공교롭게도 조조와 여포가 군량 보급 문제로 싸움을 멈추는 일이 벌어져 언제라도 서주를 노릴 가능성이 높아졌다.

유비는 이 틈을 타 이런 흉계를 꾸며내고 서주를 집어삼킬 기회를 노리고 있는 것이었다.

유비의 계략이야 열에 여덟아홉은 간파해 냈지만 도응으로서도 이 독계를 풀 방법이 도무지 생각나지 않았다. 모든 퇴로가 차단돼 어떤 대책을 강구하더라도 유비에게만 유리하고 자신은 곤경에 빠질 수밖에 없었다.

이때 진등이 도응에게 물었다.

"공자, 무슨 좋은 대책이 없겠습니까?"

이 말에 모두의 시선이 도응을 향했고, 도응도 깊은 생각에서 깨어났다.

도응은 기대에 찬 사람들의 시선을 바라보며 자신에게도 뾰족한 대책이 없다고 솔직히 말하고 싶었다. 이 말이 입에서 나오려는 순간, 도응의 머릿속으로 문득 한 가지 생각이 스쳐지나갔다.

그는 웃는 낯으로 고개를 끄덕이며 말했다.

"음, 유비의 요구를 들어줍시다."

"네?"

노숙을 포함한 모든 사람들이 이 말에 경악성을 내질렀다. 조표는 화라도 난 듯 한마디를 덧붙였다.

"공자, 지금 농담하십니까?"

"물론 농담이 아닙니다."

도응은 고개를 가로젓고 순간적으로 떠오는 생각을 정리한 다음 도겸을 향해 말했다.

"부친, 소자가 보기에 유비가 요구한 군량 20만 휘와 전마 천 필을 내주어야 합니다. 반년여 전, 유비가 군사를 휘몰아 남하하지 않았다면 서주는 일찌감치 조조의 손에 떨어졌을 것입니다. 또 이 반년 동안 유비가 우리를 대신해 조조와 여포를 막아준 덕에 서주는 휴양생식할 귀한 시간을 얻었고, 소자도 군자군을 훈련시킬 시간을 벌었습니다. 이토록 서주에 큰 은공을 베푼 유비가 다시 서주 5군의 안녕을 위해 군비를 확장하는데, 우리가 이를 주지 않는다면 도리상 말이 되지 않습니다."

도겸을 위시한 모든 사람들은 눈을 동그랗게 뜬 채 도웅이 대체 무슨 말을 하는지 몰라 어리둥절해했다.

도상만이 고개를 끄덕이다가 그래도 뭔가 이상했는지 다급히 도웅에게 물었다.

"아우의 말이 일리가 있지만 20만 휘나 되는 군량을 유비에게 내주면 우리 서주군은 어찌하는가? 이 반년 동안 유비 군대를 먹이느라 이미 재정이 곤란에 빠져 명년 가을걷이까지 버티기도 어려운 형편인데……."

도웅이 고개를 가로저었다.

"당연히 군량은 건드리지 않을 것입니다. 식량 20만 휘는 다른 방법으로 모을 생각입니다."

조표가 의문을 표하며 물었다.

"공자, 북방의 기근이 이리도 심각한데 어디서 식량을 구한단 말입니까?"

"방법이 없으면 찾아야죠. 모금을 할 생각입니다. 개인재산을 기부받아 식량을 살 것입니다."

그러더니 도응은 일일이 사람들을 가리키며 말했다.

"부친, 형님, 최대한 모금에 동참해 주십시오. 군사는 이미 가산을 탕진했으니 더 내놓는다고 불만은 없으시겠죠? 선고형, 두 조 장군 역시 1년 치 녹미를 기부해도 문제없으시지요? 두 분 부자는 서주에서 토지를 가장 많이 소유하고 있으니 3천 휘는 너끈하시죠?"

다들 이런 심각한 상황에 도응이 농담이나 지껄인다고 생각해 어이가 없어 말문이 막혀 버렸다. 노숙이 쓴웃음을 지으며 말했다.

"공자, 신이 모든 재산을 내놓는 건 어렵지 않고 여기 계신 분들이 모두 동참한다 해도 그것만으로는 어림도 없습니다."

도응이 온화한 웃음을 지으며 대답했다.

"부족하면 더 좋습니다. 유비의 은혜를 입은 사람이 우리만은 아니니 부족한 식량과 전마를 사는 데 필요한 돈은 서주 백성에게 걷으면 됩니다. 유비의 요구를 백성에게 알리고 돈을 쾌척하라고 호소하는 겁니다. 만약 그래도 부족하면 백성들에게 강제로 할당해 버리면 그만입니다."

도응의 말이 채 끝나기도 전에 도겸의 입에서는 기침과 웃음이 동시에 터져 나왔고, 진규 부자와 노숙도 금세 그의 말을 알아채고 도응에게 공수하며 이구동성으로 외쳤다.

"공자의 묘계를 못 알아듣고 잠시 딴생각을 해 부끄러울 따름입니다!"

도겸도 연신 기침을 해대면서도 도응을 가리키며 웃으며 말했다.

"이놈, 언제부터 이리도 사악해졌단 말이냐! 이토록 요사한 묘계를 어찌 생각해 낸 것이냐? 이번에 유비는 네 계략에 꼼짝없이 걸렸구나!"

도응이 미소를 지으며 말했다.

"그건 오해십니다. 소자도 강요에 못 이겨 어쩔 수 없었습니다."

다들 이 말에 크게 웃음을 터뜨렸지만 도상과 조굉, 조표, 장패는 영문을 몰라 고개를 갸우뚱하며 물었다.

"대체 다들 웃으시는 이유가 뭡니까? 이것이 묘계라니요? 또 유비가 계략에 걸렸다는 건 무슨 말입니까?"

진등이 크게 웃으며 말했다.

"아직도 이해가 되지 않으십니까? 이공자는 이에는 이, 눈에는 눈의 방법을 쓰는 것입니다. 유비의 무리한 요구에 솔선

해 개인재산을 내놓아 은혜에 보답하는 성의를 보인 다음 서주 백성들에게 이를 알리고 거액의 돈을 분담하라고 협박하는 것입니다. 생각해 보십시오. 그러면 서주 백성들이 유비를 어떻게 생각하겠습니까?"

그제야 장패가 무릎을 치며 웃음을 터뜨렸다.

"아! 이제 알겠습니다! 이렇게 하면 서주 백성들이 유비의 진면목을 알아볼 뿐 아니라 이 간적 놈의 고기를 못 씹어 한스러워하겠군요. 결국 서주를 차지하려는 생각은 가장 먼저 서주 백성에게 막혀 버리는 것이고요!"

진등이 웃으며 말했다.

"유비의 군자인 척하는 성격으로는 서주 백성의 노여움을 사고 세상 사람의 손가락질 받는 일을 절대 할 리가 없습니다. 아마도 꼬리를 내리고 백성에게 돈을 걷지 말라 청하고 요구액도 크게 낮출 것입니다."

다들 다시 한 번 광소하며 도응의 장계취계에 감탄을 연발했다. 도겸은 마치 병이 다 나은 듯 손을 휘저어 웃음을 멈추게 하고 진규 부자에게 분부했다.

"그대들은 방을 붙여 서주 백성에게 돈을 기부하라고 호소하게. 노부가 먼저 돈을 내겠네. 이것만 꼭 기억하게. 백성들에게 일의 전후 사정을 분명히 알리고, 유비 때문에 돈을 걷는다는 사실을 명확히 밝혀야 하네."

"주공, 걱정 마십시오. 이 일은 소신들이 확실히 처리하겠습니다."

진규 부자는 예를 갖추고 입을 모아 대답했다.

이때 도응이 끼어들며 당부했다.

"진규 공, 원룡 형, 또 한 가지는 우리가 이미 돈을 기부했다고 꼭 알리십시오. 백성들에게 우리의 기부 액수를 알리면 더욱 좋고요."

진규 부자는 도응의 의도를 알아채고 고개를 끄덕였다. 도겸은 도응과 노숙에게도 분부했다.

"응아, 자경 선생, 유비 사자와 교섭하는 일은 그대들이 맡아주게."

도응과 노숙이 예를 갖춰 대답하자, 도겸은 마지막으로 조표와 장패에게 말했다.

"조 장군, 장 장군, 혹시 모르니 만일의 사태에 대비해 준비를 철저히 해놓게나."

장패와 조표는 입을 모아 공수하고 외쳤다.

"여부가 있겠습니까. 유비 놈이 만약 엉뚱한 짓을 벌인다면 말장들이 꼭 후회하도록 만들겠습니다!"

도겸은 마음속의 번뇌가 싹 사라진 기분이 들었다. 이들은 각자 맡은 일을 처리하기 위해 일사불란하게 자리를 떴다.

진규 부자는 백성들에게 알릴 방문을 작성하고 사람들을

조직해 소식을 퍼뜨릴 준비를 했다.

　장패와 조표는 유비의 돌출 행동에 대비하기 위해 바삐 대영으로 돌아갔다.

　도옹과 노숙은 유비의 요구에 동의한다는 소식을 전하려 함께 간옹이 묵는 역관으로 향했다.

　병마에 시달리는 도겸은 도상과 조굉의 부축을 받아 침소로 돌아가 약을 먹고 쉬었다.

　　　　　*　　　　　　*　　　　　　*

　이야기가 마무리된 후 도옹은 간옹을 만나러 노숙과 함께 역관으로 향했다.

　가는 도중에 길가의 한 약방을 지나는데, 도옹이 약방의 약재를 보더니 갑자기 말고삐를 당겼다. 순간 그의 얼굴이 긴장으로 물들면서 혼잣말로 중얼거렸다.

　"바로 그거였어!"

　노숙이 의아해하며 물었다.

　"공자, 왜 그러십니까?"

　"제가 한 가지를 깜빡했습니다."

　"뭘 깜빡했다는 말씀인지……."

　"막후에서 그 일을 사주한 자가 유비라면 동시에 일을 진행했을 가능성이 높습니다."

그러더니 도응은 급히 말을 돌리며 말했다.

"자경, 얼른 돌아갑시다!"

　도웅은 말머리를 돌려 친병을 이끌고 급히 가던 길로 되돌
아갔다. 노숙은 무슨 영문인지 몰라 그대로 도웅의 뒤를 따랐
다. 자사부에 당도하자 노숙이 궁금해 물었다.

　"공자, 자사부로 왜 돌아온 것입니까? 또 막후 배후가 유비
라니요?"

　도웅이 낮은 목소리로 대답했다.

　"당연히 부친의 병세가 내치락들이치락하는 일 때문입니다.
증거를 찾지 못해 확신할 순 없지만 만약 배후가 정말 유비라
면 지금 손을 쓸 것이 분명합니다."

노숙도 이 말을 듣고 무슨 의미인지 금세 깨달았다.

'공자 말이 맞아. 유비가 이런 무리한 요구를 했다는 건 서주 군대와의 교전 준비를 이미 마쳤다는 얘기야. 일이 틀어져 두 군대가 개전할 때 도 사군이 갑자기 변고를 당한다면 서주는 지도자가 없는 혼란에 빠져 전국은 절대적으로 유비에게 유리해질 수밖에 없어.'

노숙은 이 생각을 하며 급히 도응의 뒤를 따랐다. 도응은 먼저 자사부의 안전을 책임지는 장전교위 조굉을 찾았다. 도응이 왜 다시 돌아왔는지 영문을 몰라 하는 조굉에게 도응이 다짜고짜 물었다.

"조 장군, 부친께서 방으로 돌아가신 후 탕약과 음식을 드셨습니까?"

"아직 드시지 않았습니다. 뜨거운 물만 조금 마시셨습니다. 물은 주공의 방 안에서 끓이는데, 연아가 물을 끓이면 대공자가 주공께 물을 떠드립니다. 대공자가 은수저로 물을 떠드렸는데 아무 이상도 없었습니다."

"그럼 부친은 언제 식사와 약을 드십니까? 이는 다 점검하고 계시는 것이겠죠?"

"대개 유시(酉時)쯤 식사를 하신 후 약을 드십니다. 주공의 음식은 부엌에서 만들고, 부엌에는 요리사 두 명과 허드레꾼 두 명이 있습죠. 서로 감시하도록 이미 손을 써놓은 데다 사람을 붙여 불시에 순찰을 돌고 있습니다. 식사를 방 안으로 들여오면 하녀와 대공자가 먼저 맛본 연후에 주공께서 드십니다. 탕약은 주공께서 가장 신임하시는 의원 장동(張桐)이 직접 처방을 쓰고 약을 달입니다. 약을 들여오면 대공자가 먼저 맛본 후에 주공께서 복용하십니다. 약을 달이는 과정에서도 대비를 철저히 하고 있습니다. 장 의원이 처방을 쓰면 말장이 사람을 시켜 먼저 다른 의원들에게 수상한 점이 없는지 일일이 확인한 후 성 안의 가장 큰 약방에서 약을 짓습니다. 그런 다음 마지막으로 장 의원이 약에 이상이 없는지 점검한 뒤 약탕관에 넣고 직접 달입니다. 또 장 의원이 약을 달이기 전에는 항상 몸수색을 하고 약을 달이는 동안 문 밖에서 호위병들이 감시를 합니다. 오늘도 몸수색을 했는데 아무 이상도 발견되지 않았습니다."

'약을 달이는 과정에 아무 이상이 없고, 부친의 식사나 탕약이 마지막으로 형님의 손을 거친다… 설마 형님이 정말 가장 의심스러운 용의자란 말인가? 아냐, 아냐.'

도응은 이내 고개를 젓고 조굉에게 명했다.

"조 장군, 당장 부친의 약을 달이는 방으로 가봅시다. 내 직접 조사해 보리다."

조굉은 명을 받자 급히 도응과 노숙을 후원으로 안내했다. 호위병이 지키는 방에서는 약냄새가 진동했다. 방 안은 매우 초라했다. 숯불이 타고 있는 진흙 화로와 작은 상이 하나 있었고, 상 위에는 벼루, 붓, 먹, 종이와 처방전이 널려 있었다. 그리고 마흔쯤으로 보이는 중년 남자가 화로 앞에 쭈그리고 앉아 부채를 부치며 세심히 약을 달이고 있었다. 그 중년 남자는 도응도 아는 자였다. 바로 도겸이 가장 신임하는 의원 장동으로 요 몇 년간 도겸의 약 달이는 일을 전담했다.

도응과 조굉이 온 것을 본 장동은 깜짝 놀라며 자리에서 일어나 예를 갖췄다. 도응이 미소를 지으며 장동에게 말했다.

"장 의원은 편히 앉으십시오. 지나는 길에 잠시 들렀습니다. 그런데 왜 사람을 쓰지 않고 힘들게 혼자 일하십니까?"

"공자는 모르시겠지만 약 달이는 일에도 학문이 필요합니다. 특히 주공의 약은 불의 조절이 무엇보다 중요해서 의술에 정통하지 않으면 할 수 없는 일입니다. 5년 동안 주공이 드신 약은 모두 소인이 직접 달였습니다."

도응은 짐짓 놀란 표정을 드러내며 미소 지었다.

"오, 5년이라고요? 그간 연로하고 다병하신 가친을 돌보느라 장 의원이 고생 많았습니다. 부친의 병세가 호전되면 내 꼭 부친께 아뢰어 후한 상을 내리겠소이다."

장동은 연신 고개를 숙이며 도응에게 감사를 표했다. 이어 도응은 도겸의 병세와 쓰는 약재에 대해 물었다. 장동은 거침없이 물음에 대답했지만 시종 긴장된 표정이 역력했다.

장동과 이야기를 나누며 전혀 이상한 점을 발견하지 못한 도응이 막 돌아가려는 순간, 옆쪽 상에 있는 처방전이 눈에 띄었다. 도응이 오늘 쓸 약이 무엇인지 좀 보자고 하자, 장동은 급히 처방을 도응에게 건넸다. 중의에 대해 잘 모르는 도응은 처방을 노숙에게 살펴보라고 준 후 장동에게 왕진을 나오면서 왜 왕진 보따리를 가지고 오지 않았는지 물었다. 장동이 우물쭈물하자 옆에 있던 조굉이 대신 대답했다.

"말장이 주공의 안전을 고려해 며칠 전부터 장 의원이 방으로 들어오기 전 보따리를 문 앞 호위병에게 맡기라고 했습니다. 필요한 것은 그때그때 호위병에게 요청하라고 했고요."

이 말에 도응은 알았다며 고개를 끄덕였다. 도응은 아무리 살펴봐도 이상한 점이 발견되지 않자 약 달일 시간을 지체했다며 장동에게 사과의 말을 건넸다. 노숙 역시 처방을 장동에게 주며 도응을 향해 고개를 저어 아무 이상이 없음을 알렸다. 도응은 그제야 장동에 대한 의심을 거두고 작별 인사를 한 후 조굉, 노숙과 함께 부엌을 조사하러 나왔다.

문을 나와 몇 발자국 가지 않았을 때, 도응이 갑자기 걸음을 멈추고 골똘히 생각에 잠겼다. 노숙과 조굉이 무슨 영문인지 물었다.

"공자, 왜 그러십니까?"

도웅이 미간을 찌푸리더니 잠시 망설이며 대답했다.

"방금, 뭔가 느낌이 좀 이상했는데 그것이 무엇인지 잘 모르겠소이다."

이에 조굉이 웃으면서 말했다.

"그러시다면 돌아가서 직접 눈으로 확인해 보시지요."

"그게 좋겠소. 다시 한 번 가봅시다."

도웅은 다시 발걸음을 돌려 장동이 있는 방으로 향했다. 방 안을 쭉 훑어봤지만 무엇이 잘못됐는지 전혀 감이 잡히지 않았다. 장동의 인사도 받지 않은 채 성큼성큼 방으로 들어간 도웅이 주위를 둘러보는데 문득 한 가지 물건이 눈에 띄었다. 그는 이 물건을 집어 들고 요리조리 살펴보더니 순간 입꼬리가 올라갔다. 도웅은 미소를 띤 채 장동에게 다정한 목소리로 물었다.

"장 의원, 이 물건은 그대의 보따리에서 나온 것 아닙니까?"

장동은 도웅이 손에 쥐고 있는 물건을 보자마자 마치 망치로 머리를 얻어맞은 듯 멍한 표정을 짓더니 아무 말도 하지 못했다. 도웅은 더 이상 다그치지 않고 호위병에게 이 물건이 장동의 보따리에서 나온 것인지 확인했다. 도웅은 다시 상냥한 목소리로 장동에게 물었다.

"장 의원, 생긴 것과는 달리 아주 대담하시군요. 감히 부친의 약에 몰래 수은을 넣어서 부친의 병을 점점 심해지게 만들었군요."

"공자, 살려주십시오! 소인의 죄 만 번 죽어 마땅합니다만 소인도 협박을 받아서 어쩔 수 없이 한 일입니다! 제발 목숨만 살려주십시오!"

그제야 장동은 무릎을 꿇고 살려달라며 용서를 빌었다. 가족을 죽이겠다고 협박하는 통에 자신으로서도 방법이 없었다며 머리를 바닥에 찧고 도응의 옷자락을 잡고 늘어졌다. 조굉이 그를 끌고 나가자 도응의 입가에 회심의 미소가 걸렸다.

*　　　　*　　　　*

도응이 간옹을 만나 유비의 요구를 수락한 다음 날 아침, 서주성 사대문 밖에 동시에 방문이 붙었다.

율양후 안동장군 서주자사 도겸이 서주 5군 관리와 백성에게 고하노라.

전에 서주가 곤경에 처했을 때, 예주자사 유비(도겸이 조정에 표를 올려 유비가 얻은 관직)는 천 리가 멀다 않고 군사를 이끌고 달려와 조조를 몰아냈다. 이후에는 소패에 주둔하며 서주 만민을 위해 강적의 침입을 막아 서주가 비로소 안정되었다. 그 사이 겸이 양마 천

필과 식량 10만 4천 휘, 견포(絹布) 6천 3백 필, 수레 8백 승과 무수한 병기를 제공했지만 공의 은혜를 갚기에는 턱없이 부족한 양이다. 지금 연주에 황해가 일어나 식량 1휘에 5만 냥까지 값이 뛰고 조조와 여포도 양식이 다하여 전쟁을 멈추었다. 이에 이들이 서주를 재침할까 두려워 유비가 겸에게 서신을 보내 다시 식량 20만 휘와 전마 천 필을 요청했다.

겸은 유비의 대은에 보답할 마음뿐이지만 서주가 파괴돼 전량을 조달할 방도가 없어 거절할까도 생각했다. 그러나 이를 거절하면 천하의 비웃음을 살까 두렵고, 유비가 자신을 위해 전량을 요구한 것이 아니기에 겸은 눈물을 머금고 응할 수밖에 없었다.

나의 심복과 자제들이 가산을 털어 유비의 대은에 보답하고자 했으나 그 양이 너무 적어 겸으로서도 방법이 없었다.

이에 서주 만민에게 도움을 청하노라. 유비의 은혜를 갚기 위해 기꺼이 가산을 털어 모금에 동참해 주길 바라노라. 만약 그래도 전량이 부족하면 각 군 각 주에 나머지를 강제로 징수할 것이다.

방문 옆에는 도겸의 심복과 자제들이 가산을 털어 모금했다는 증빙을 붙이고 모금 장소를 공표했다. 그리고 이를 다시 베껴 써 나머지 낭야, 동해, 광릉, 하비 4개 군에 파발을 보내 각 성문에 붙이도록 했다.

이 방문이 붙은 후 미축 형제의 얼굴은 그야말로 사색이 되었다. 이를 본 서주 백성이 어떤 반응을 보일지 뻔히 알았기 때문이다.

미축 옆에서 이를 보고 있던 백성 하나가 큰소리로 욕을 퍼부었다.

"이런 도적놈을 봤나! 서주 백성에게서 식량을 20만 휘나 가져가면 우리 보고 죽으란 얘기나 다름없잖아! 이제 곧 눈이 내릴 텐데 어디 가서 식량을 구하란 말이냐고? 이놈이 아주 우리 서주 백성을 죽일 작정이로구나!"

다른 백성들도 한마디씩 거들기 시작했다.

"이런 파렴치한을 봤나? 정말 뻔뻔스럽기 그지없구먼. 도사군께서 식량 10여만 휘와 무수한 물자를 제공했는데 만족하지 못하고 얼마를 더 요구하는 거야? 뭐, 20만 휘? 웃기는 소리 하고 있네! 난 못 내, 절대 못 낸다고!"

"맞아, 식량 한 톨이라도 이 도적놈에게 줄 순 없어! 우리도 배불리 먹지 못하는데 그 식량을 이놈에게 다 줘버리면 우리는 어쩌라는 거야? 설마 굶어 죽으라는 얘긴 거야?"

"조조가 물러난 건 순전히 우리 이공자 덕이지, 유비와 무슨 상관이 있지? 이공자가 목숨을 걸고 기름 솥에 뛰어든 데 조조가 감동해서 군사를 물린 것 아닌가? 그런데 그에게 무슨 보답을 해? 보답하려면 당연히 이공자에게 해야지!"

"맞아! 이공자가 양식을 요구한다면 우리 가족이 다 굶어 죽어도 내 식량을 모두 내놓겠어! 이공자야말로 우리의 목숨을 구하고 우리 서주를 살린 분이잖아? 어디서 굴러먹던 놈이 서주에 들어와서 힘들게 수확한 양식을 내놓으라는 거야?"

"내 전에는 이놈을 호인으로 알았는데 지금 보니 완전히 도둑놈이잖아! 연주에서는 1휘에 5만 냥이나 하는 식량을 20만 휘나 내놓으라고? 이 식량을 오수전(五銖錢)으로 바꾸면 태산보다 높이 쌓일 텐데, 아예 오수전으로 산 채로 매장시켜 버리자고!"

분노한 군중들이 욕을 퍼붓는 와중에 누군가의 외침으로 시작된 구호가 점점 사람들의 입에서 입으로 퍼져 나갔다.

"유비 간적 놈을 서주에서 몰아내자! 유비 간적 놈을 서주에서 몰아내자! 여러분, 다 같이 외칩시다. 유비 간적 놈을 서주에서 몰아내자—!"

이 분노의 외침을 듣던 미축 형제는 얼굴이 창백해지고 머릿속이 새하얘졌다. 유비가 고심해서 생각해 낸 계략을 도겸 부자가 어찌 이리도 쉽게 깨뜨려 버린단 말인가? 그들로서는 도무지 이해가 되지 않아 할 말을 잃어버렸다.

미축 형제가 서주성 앞에서 넋을 놓고 있을 때, 도옹은 미소 지으며 분노한 서주 백성의 반응을 음미하고 있었다. 곁에 있던 노숙은 도옹을 주시하며 그의 절묘한 계략에 혀를 내둘렀다. 이때 도옹이 미축 형제를 바라보며 말했다.

"기다려라. 이는 시작에 불과하다. 서주 백성들에게 유비의 진면목을 낱낱이 알리는 것은 물론 네놈들의 진면목도 까발려 줄 테니. 묵은 원한을 풀 날도 머지않았구나!"

*   *   *

―탕!

유비는 주먹으로 책상을 세게 내려쳤다. 바로 미축 형제가 베껴서 보내온 도겸의 방문 때문이었다. 유비는 그래도 분이 풀리지 않았는지 서신을 북북 찢으며 노호했다.

"쥐새끼 같은 놈들이 감히 이런 짓을 벌이다니!"

반년여 동안 어렵게 쌓은 인의의 명성이 도겸의 포고문 한 장으로 인해 모두 수포로 돌아가게 생겼으니 유비로서도 화가 날 만했다.

하지만 화를 낸다고 문제가 해결될 리는 없다. 이에 유비는 깊은 고민에 잠겼다. 자신이 거액의 전량을 요구한 진짜 목적은 이를 빌미로 서주를 병탄하기 위해서였다. 그러나 이 계획은 도겸 부자의 계략으로 물거품이 돼 준비한 후속 조치가 아무 쓸모도 없게 됐다.

이 상황에서 도겸과 반목해 전쟁을 벌인다면 조조와 여포를 끌어들여 이들을 제압할 수는 있겠지만 자신의 명성에 금이 가게 된다. 그렇다고 도겸 부자에게 고개를 숙이고 들어가자니 명성이 높아진 도응 놈에게 차기 서주자사가 될 시간만 벌어주는 꼴이라 마뜩찮다. 진퇴양난에 빠진 유비로서는 어떤 결정을 내려야 할지 몰라 가슴이 답답했다.

그가 홀로 고민에 빠져 있던 그날 오후, 서주에서 사신이 도착했다. 사신은 다른 사람이 아닌 바로 서주 별가 미축이었다. 서주성의 근황이 궁금했던 유비는 급한 마음에 당장 관우와 장비를 데리고 성문을 나가 미축을 맞이한 후 주연을 베풀었다.

술자리에서 유비가 미축에게 소패성에 온 이유를 묻자 미축이 대답했다.

"저는 도 사군의 명을 받고 왔습니다. 요 몇 달 동안 주군의 병세가 점점 더 악화돼 이번 겨울을 넘기지 못할까 걱정하고 계십니다. 하여 유비 공에게 후사를 부탁하신다고 합니다. 또 한 가지는 조조와 여포의 남침에 대해 어찌 대처할지 논의하신다고 했습니다."

유비는 도겸이 정당한 이유로 자신을 부른다는 생각에 고개를 끄덕였다. 하지만 그 안에 혹여 협사가 없는지 생각하느라 바로 입을 열지는 않았다.

그러자 미축이 조용히 말했다.

"유비 공, 제가 보기에는 구실을 대고 사신만 파견하는 것이 어떨까 합니다. 도겸이야 홍문연을 열 만한 사람이 아니지만 도응은 다릅니다. 광릉 전투에서 그가 속임수로 그 유명한 손책까지 죽이지 않았습니까? 혹시나 일이 잘못되기라도 하면 후회해도 때는 늦습니다."

유비는 미동도 하지 않은 채 미축의 말에 가타부타 말이 없더니 불쑥 물었다.

"도 사군의 병세는 어떠하오?"

미축이 잠시 주저하다가 주위를 둘러본 후 나지막한 목소리로 말했다.

"아우가 이 일을 관장하고 있는데, 공이 원하신다면 도 사군은 언제라도 보내 버릴 수 있습니다."

유비는 가만히 듣고 있더니 화제를 돌려 말했다.

"아무래도 우리가 도응 놈을 너무 과소평가한 것 같소. 도응은 총명함이 남다르고 가슴에 큰 뜻을 품어 절대 지중지물(池中之物)에 그칠 자가 아니오. 하나 도응의 총명재지 속에 혹여 실수가 있지는 않았소? 자사의 자리를 잇기 위해 해서는 안 될 짓을 한 적은 없소?"

미축은 유비의 말 속에 담긴 뜻을 단박에 눈치챘다. 도겸을 독살한 후 죄를 도응에게 뒤집어씌워 서주에 내분이 일어나면 이를 기회로 서주를 차지하겠다는 말이었다. 하지만 아무리 머리를 굴려도 도응을 사지로 몰 계책이 떠오르지 않자 하는 수 없이 이렇게 말했다.

"아무래도 어렵지 않을까요. 도응은 충효로 천하에 이름이 높아 그가 아비를 죽였다고 아무도 믿지 않을까 걱정입니다."

이 말에 유비는 한숨을 내쉬며 자리에서 일어나 방 안을 서성거렸다. 그러더니 마침내 결심한 듯 이를 악물고 말했다.

"도 사군이 진심으로 청했으니 가지 않을 수 없소. 내일 아침 운장, 익덕과 함께 도겸을 만나러 서주로 출발합시다."

"혹여 도응이 홍문연을 열고 기다리면 어쩝니까? 도 사군의 병이 깊어 서주의 군정 대사는 모두 도응이 처리하고 있어서 엉뚱한 마음을 먹기라도 하면 큰일입니다."

"그것쯤 무에 두렵겠소? 이 비가 소패에 주둔하고 있는 것은 서주 5군의 안녕을 위해 강적을 막기 위함인데, 도 사군이 부른다면 당연히 가야지요. 만약 도응이 이 비를 해하려 한다면 도리에 근거해 물을 것이오. 나를 죽인 후 천하에 어찌 설명하겠느냐고 말이오."

아무리 권해도 유비가 듣지 않자 미축은 별수 없이 조심하라고만 신신당부했다.

물론 유비도 이에 대비해 관우, 장비와 함께 5백 정예병을 거느리고 남하하기로 결정했다.

*　　　*　　　*

그 시각 서주성 안에서는 도응이 노숙, 조굉, 진등, 조표, 장패 등 서주 중신들을 소집해 유비가 서주로 돌아오는 일에 대해 논의하고 있었다.

이야기가 마무리된 후 도응은 안심하지 못한 표정으로 조표와 진등에게 당부했다.

"유비가 당도했을 때 두 분은 미가의 부저와 서주성 내 미축 형제의 대소 상점들을 주의 깊게 감시하십시오. 그리고 한 가지만 꼭 기억하십시오. 저들이 움직이지 않으면 절대 먼저 손을 쓰면 안 됩니다."

이에 조표가 의문 섞인 목소리로 물었다.

"공자가 미방을 죽일 확실한 증거를 얻었는데 왜 직접 이 역적 형제 놈을 죽이지 않는 것입니까? 일을 너무 번거롭게 만드는 건 아닌지 모르겠습니다."

도응이 침묵으로 일관하며 아무 말도 없자 진등이 나서서 조표에게 설명했다.

"조표 장군, 공자는 쥐를 때려잡고 싶어도 주위의 기물을 깰까 두려워하는 것입니다. 서주의 호족인 미축 형제는 가산이 어마어마한 데다 하인과 식객이 수만에 이르고 토지와 점포는 그 수를 헤아리기 어렵습니다. 서주 5군에 세력이 강대하고 토대가 견고해 행동 하나하나가 서주에 큰 영향을 미칩니다. 하여 미축 형제가 발을 구르면 서주 전체가 흔들립니다. 이런 세력에게 손을 쓸 때 회오리바람이 낙엽을 쓸 듯 순식간에 화근을 없애지 않으면 후환이 반드시 남게 됩니다. 하지만 현재 서주의 병력으로 미가의 방대한 세력을 단숨에 제압하기란 말처럼 쉽지 않을 뿐 아니라 우리가 행동에 나서면 그들이 눈치채지 못할 리 없습니다. 그렇게 되면 막다른 골목에 몰린 그들이 무슨 짓을 할지 모릅니다. 그래서 공자는 차선책으로 이 방법을 강구한 것이고요. 미축을 소패에 사신으로 보내고 경솔한 미방을 서주성에 남겨뒀으니 계획은 어렵지 않게 성공할 것입니다."

"아!"

조표는 그제야 진등의 말을 이해하고 손바닥을 쳤다.

이어 진등은 소매 안에서 비단에 적은 명단 두 개를 꺼내 조표와 장패에게 각기 하나씩 주며 말했다.

"구체적인 행동에 들어갈 때 여기 적힌 자들은 배제하십시오. 그렇지 않으면 정보가 새게 됩니다."

장패와 조표는 명단을 받아들고 놀라며 물었다.

"아니, 이 명단은 어디서 얻었습니까?"

"미방의 문서를 관장하는 참모가 신의 동생의 처남의 친구입니다. 드러나지 않는 관계라 미방은 이를 모르고 있습니다."

조표와 장패는 크게 감탄하며 재빨리 명단을 펼쳐 보았다. 명단을 쭉 훑어본 후 조표가 이를 도웅에게 건넸다.

"공자도 한 번 보시지요."

"보기 싫소. 보면 화만 날 것 같소이다. 두 분 장군은 일이 마무리된 뒤 명단에 적힌 장령들을 소집해 그들 앞에서 직접 명단을 불살라 버리십시오. 그런 다음 그들에게 죄를 묻지 않을 테니 지금부터 성심으로 따르라고 권유하십시오."

이 말을 듣고 모두들 도웅의 넓은 아량과 깊은 책략에 크게 탄복했다.

도웅은 몸을 일으켜 창가로 가 창문을 열었다. 뼛속까지 파고드는 찬바람이 그의 얼굴을 세차게 때렸다. 그는 음침한 하늘을 바라보며 탄식했다.

"바람 속에 얼음 알갱이라… 곧 눈이 내리겠군. 서설은 풍년이 들 조짐이라는데 서주도 이제 새로운 시대를 맞이하겠구나!"

이때 장패가 도웅의 흥취를 깨며 물었다.

"공자, 말장이 하나 물어볼 것이 있습니다. 만약 유비가 오

지 않는다면 어쩝니까? 그러면 우리의 계획이 모두 헛수고가
되고, 공자의 묘계도 쓸 기회가 없어집니다."

도응이 입가에 웃음을 띠며 말했다.

"분명히 옵니다. 오지 않으면 유비가 아닙니다. 유비는 명성
을 목숨보다 소중히 여기는 자입니다. 또 제가 홍문연을 열어
그의 목을 치고, 은혜를 원수로 갚아 천하의 오명을 뒤집어쓰
지 않으리라는 사실을 잘 알고 있습니다. 따라서 유비는 반드
시 옵니다. 와야만 서주를 병탄할 한 줄기 희망이라도 생깁니
다. 오지 않는다면 아무 기회도 없을 테니까요."

＊　　　　＊　　　　＊

유비가 소패를 출발해 서주성으로 향하던 날, 서주에는 과
연 입동 이후 첫눈이 내렸다.

서설이 흩날려 서주 대지를 하얗게 물들이고 나무들이 은
빛 옷으로 갈아입었지만 유비는 시름이 겹쳐 설경을 감상할
기분이 아니었다.

서둘러 인마를 재촉해 빨리 도겸을 만나 그들 부자의 진짜
의도를 알아내고 싶은 마음뿐이었다.

행군을 서두른 덕에 밤에 팽성 북부에 당도해 하룻밤을 쉬
고, 다음 날 오시(午時)경 서주성 북쪽 10리 지점에 이르렀다.

"형님, 저길 보십시오. 도 사군이 사람을 보내 마중 나왔나 봅니다!"

장비의 고함에 유비가 고개를 들어 보니 정말 앞쪽에 무리를 이루고 있는 사람들이 보였다.

양쪽에 도열해 선 이들은 유비 일행을 보자 징과 북을 치며 열렬한 환호를 보냈다.

유비는 속으로 도응이 그래도 예를 아는 자라며 고개를 끄덕였다. 그런데 가까이 가 보니 그들을 맞이한 건 도겸 부자가 아니라 바로 미방이었다.

미방은 급히 달려와 유비 삼형제에게 예를 갖춰 인사했다. 하지만 유비는 기분이 썩 좋지 않았다.

도겸 부자가 빤히 지켜볼 텐데 이목이 집중될까 걱정이 되었다. 하지만 겉으로는 웃는 얼굴을 하고 말에서 내려 답례했다.

이에 미축이 나서 세상 물정 모르는 미방을 호되게 꾸짖고 물었다.

"도겸 부자의 일거수일투족을 감시하라고 했더니 쓸데없이 여긴 왜 나온 것이냐? 요즘 이들에게서 수상한 움직임은 없었느냐?"

"아무 움직임도 없었습니다. 다만 도겸의 병이 갈수록 심해져 곧 숨이 끊어질지도 모른다는 얘기가 있습니다."

그러더니 미축의 귀에 대고 속삭이듯 말했다.

"아우가 어젯밤 장동을 만나 수은과 함께 극독의 비상 가루도 건넸습니다. 유비 공이 원하신다면 언제라도 도겸의 숨통을 끊어놓을 수 있습니다."

미축은 한숨을 토하며 고개를 절레절레 흔들고 유비에게가 서주에 아무런 움직임도 없었음을 알렸다. 유비는 고개를 끄덕이더니 미축 형제 및 아우들을 이끌고 서주성 북문으로 향했다.

유비 일행이 북문에 당도하자 성문 앞에서는 수많은 환영 인파들이 늘어서 그들을 맞이했다.

또 북문 밖 개활지에서는 수만에 가까운 사람들이 징과 북을 치며 서주의 은인인 유비 공이 돌아왔다고 환호성을 보냈다. 웅장하고 우렁찬 악기 소리와 함성 속에 유비 일행은 환영 인파 가까이 다가갔다.

이때 유비의 눈에 가장 먼저 띈 것은 만면에 웃음을 띤 도응이었다.

반년 만에 보는 그의 모습은 전과 달리 기백이 넘치고 듬직해 보였다.

그리고 또 한 가지 달라진 점은 도상, 진규 부자를 포함한 서주 중신들이 모두 그의 뒤에 일렬로 서 있다는 것이었다. 이는 곧 도응이 서주의 이인자 자리에 올랐음을 반증하는 것이나 다름없었다.

이를 몸으로 느낀 유비는 저도 모르게 이맛살이 찌푸려졌다.

하지만 유비는 이내 얼굴을 고치고 도웅에게 다가가 마치 오랜만에 해후한 연인처럼 서로의 손을 꼭 쥐고 묵은 정을 나누었다.

인사가 끝나자 유비가 도웅에게 물었다.

"이공자, 듣자니 도 사군의 병세가 심각하다던데 지금은 어떠하오? 많이 나아지셨소?"

이 말에 도웅의 얼굴에서 웃음기가 싹 가시며 침울한 표정으로 대답했다.

"부친의 병세가 심해 사흘 동안 침상에만 누워 계셨습니다. 오늘 숙부가 온다는 말에 아픈 몸을 이끌고 직접 나와 계십니다."

"도 사군은 어디 계시오?"

유비가 놀라며 도웅이 가리킨 곳을 보니 거기에는 두꺼운 털가죽으로 사방을 두른 마차 한 대가 있었고, 곁에는 조굉 등 호위병들이 지키고 있었다. 유비는 감히 태만히 할 수 없어 급히 마차 쪽으로 걸어갔다.

도웅과 관우, 장비 및 양측 신하들도 뒤를 따랐다.

유비가 마차 앞에서 예를 갖추고 말했다.

"유비가 도 사군을 뵙습니다. 미천한 저를 맞으러 직접 나와주셔서 몸 둘 바를 모르겠습니다."

마차의 발이 걷히며 병으로 피골이 상접한 도겸이 두 시녀의 부축을 받아 얼굴을 드러냈다.

"유 사군, 오래간만이오. 노부가 병이 깊어 마차에서 내리지 못하는 점 양해 바라오."

"그런 말씀 마십시오. 오히려 이 비가 사군께 죄를 청합니다. 전에 간옹을 사신으로 보낸 것은 적을 막을 방법을 논의하고자 한 것인데, 간옹이 농으로 군량 20만 휘와 전마 천 필을 요구한 모양입니다. 후에 이 얘길 듣고 제가 크게 화를 내며 간옹을 중벌에 처했으니 오해 마시기 바랍니다."

"아, 그것이 헌화 선생의 농이었구려. 그럼 사군은 이런 요구를 한 적이 없단 말입니까?"

"물론입니다. 모두 오해입니다. 하여 방문을 모두 취소하고 서주 백성에 대한 징수를 거두어주시기 바랍니다."

도겸은 힘겹게 고개를 끄덕이더니 옆에 있는 도응에게 분부했다.

"응아, 아비를 대신해 포고문 철회 명을 내리거라."

도응은 공수하며 대답하고 주위의 서주 백성들을 향해 크게 소리쳤다.

"여러분, 똑똑히 들으셨습니까? 유비 공이 군량 20만 휘와 전마 천 필을 요구한 것은 오해에서 빚어진 일입니다. 이에 지금 부로 전량 모집과 강제 징수는 철회하겠습니다!"

"와!"

도응의 말에 서주 백성들 사이에서는 하늘을 떠나갈 듯한 함성 소리가 터져 나왔다.

이어 도응은 사람을 시켜 이 모든 것이 오해에서 비롯되었다는 방문을 다시 붙이라고 명했다.

유비도 이에 한숨을 돌리는 사이, 도응이 갑자기 유비 앞에 무릎을 꿇고 공수하며 큰소리로 말했다.

"숙부, 부친의 병세와 관련해 억울한 사정이 한 가지 있습니다. 숙부께서 이 조카를 위해 판단을 내려주십시오."

도응의 갑작스런 행동에 유비는 깜짝 놀랐다. 뿐만 아니라 주위에 있던 문무 관원들도 대체 무슨 일인지 몰라 순식간에 사방이 조용해졌다. 이때 도상이 도응에게 달려와 놀라며 물었다.

"아우, 대체 무슨 일인가? 숙부께 무슨 판단을 내려달라는 것이냐?"

"형님도 아우와 함께 숙부께 예를 갖추십시오. 부친의 병세가 가중된 데 대한 속사정을 말씀드리고 숙부의 공정한 판결을 청하십시오."

유비는 도응 형제의 행동에 일이 심상치 않게 돌아감을 직감했다. 하지만 이 많은 사람 앞에서 몸을 빼기도 어려워, 하는 수 없이 부드러운 목소리로 물었다.

"그래, 무슨 일로 그러시는가? 자세히 한 번 얘기해 보게. 이 숙부가 판단을 내려주겠네."

"숙부……"

도응은 갑자기 눈물을 쏟더니 차마 말을 잇지 못했다. 울음이 결국 통곡으로 변하자 성격 급한 장비가 도응을 부축하며 큰소리로 물었다.

"이 공자, 도대체 무슨 일이오? 얼른 말해보시오. 우리 형제가 반드시 해결해 주리다!"

"익덕 장군……"

도응은 장비의 배려에 감격해하며 이들 삼형제를 향해 울먹이며 말했다.

"말하자면 설명이 깁니다. 일단 숙부들께 보여줄 사람이 있습니다."

"그게 누구요?"

"조굉 장군, 그 나쁜 놈을 얼른 이리로 끌고 오십시오."

조굉이 대답하고 뒤를 향해 손을 휘젓자 호위병 넷이 한 중년 남자를 끌고 왔다. 나이 마흔 정도에 외모가 평범한 이 남자는 다름 아닌, 바로 장동이었다!

이를 본 미축 형제는 동시에 다리에 힘이 풀리며 하마터면 바닥에 쓰러질 뻔했다. 다행히 곁에 있던 두 사람이 이들을 부축하며 말했다.

"두 분 미 대인, 조심하셔야죠. 어제 눈이 내려 길이 미끄럽습니다."

미축 형제가 몸을 벌벌 떨며 자신들을 부축한 사람을 보니, 한 명은 서주 대장 여유(呂由)였고, 다른 한 명은 서주 대장 진의(秦誼)였다.

유비는 생전 처음 본 사람이 자신 앞에 끌려오자 도무지 무슨 영문인지 몰라 도응에게 물었다.

"조카, 대체 이 자는 누구요? 누군데 여기까지 끌고 온 것이오?"

도응은 유비의 의문을 해소해 주지 않고 서주 백성 쪽으로 걸어가 먼저 사방으로 읍한 후 큰소리로 외쳤다.

"각 대인과 장군, 그리고 백성 여러분, 제가 지금 이 자의 죄상을 밝히려고 합니다. 그리하여 유비 공께 공명정대한 판결을 부탁드리려고 하니 여러분들이 증인이 되어주십시오!"

이어 도응은 유비 삼형제에게 공수한 후 두려워 벌벌 떨고 있는 장동을 가리키며 말했다.

"숙부님들, 이자의 이름은 장동으로 부친께서 가장 신임하시는 의원입니다. 최근 5년간 부친의 약을 친히 처방하고 달였습니다. 부친께서는 이자에게 전량과 녹미를 부족함 없이 하사하고 명절 때마다 따로 상을 내려 한집안 사람처럼 대했습니다."

도겸이 가장 신임하는 의원이란 말에 유비는 순간 얼굴빛이 변했다. 슬쩍 무리 속에 섞여 있는 미축 형제를 바라보았을 때, 이들은 이미 얼굴이 사색이 돼 몸을 바들바들 떨고 있었다. 그제야 유비는 도응의 지독한 수에 제대로 걸렸음을 직감했다.

이때 관우와 장비가 도응에게 재촉하며 말했다.

"도 공자, 궁금해 미치겠소. 빨리 좀 얘기해 보시오."

도응은 고개를 끄덕인 후 장동을 가리키며 말했다.

"예, 그럼 간략히 말씀드리겠습니다. 일은 이렇게 된 것입니다. 최근 2개월 동안 부친의 병세는 좋아졌다 나빠졌다를 반복하다가 어느 순간 갑자기 악화되기 시작했습니다. 부친의 안전을 책임지는 조굉 장군은 이를 수상히 여겨 부친의 탕약과 음식에 대한 감시를 강화했습죠. 장 의원이 부친의 신임을 받는다고 하나 예외가 아니었습니다. 부친의 약을 처방하고 달일 때마다 일일이 몸수색을 해 부친의 약에 다른 약물을 넣지 못하도록 방비했고, 또 약을 달일 때는 보따리를 호위병에게 맡겨 어떤 물건도 방에 가지고 들어가지 못하도록 했습니다. 이에 대해 저는 조굉 장군이 노파심이 심하고 의심이 지나치게 많다고 생각했습니다. 하지만 나중에야 제가 틀렸고 조괴 장군이 옳았음을 깨달았습니다. 제가 틀렸음을 안 것은 닷새 전입니다. 닷새 전 부친의 병세가 다시 악화돼 저는 조사차 약을 달이는 장 의원의 방을 찾았습니다. 원래는 부친의 병세가 어떻고, 무슨 약을 쓰는지 물어보려 한 것인데 방 안에 놓인 몇 가지 물건 중 눈에 띄는 것이 있었습니다."

도웅은 여기까지 말하고 옆에 호위병이 들고 있는 쟁반을 가리키며 큰소리로 말했다. 그 쟁반에는 장동이 사용하는 벼루, 붓, 먹, 종이가 놓여 있었다.

"제가 장 의원 방에서 본 것은 평범한 지필연묵이었습니다. 의원들이 평소 항상 쓰는 물건들이라 이상할 것이 없었죠. 그런데 조괴 장군의 한마디가 제 주의를 환기시켰습니다. 부친의 병세가 나빠지기 사나흘 전부터 장 의원의 몸을 수색하고 호위병에게 약 보따리를 맡기라고 했다는군요. 이 말을 듣는 순간, 저는 지필연묵을 유심히 살펴봤습니다."

그러더니 도웅은 쟁반에서 새 붓을 집어 들고 사람들에게 보인 후 다른 문방사우를 가리키며 말을 이었다.

"자세히 보십시오. 장 의원이 사용하는 지필연묵은 모두 오래된 것인데 이 붓만 새것입니다. 물론 못 쓰게 돼서 새것으로 바꿨을 가능성도 있습니다. 하지만… 저는 여기서 두 가지 결론을 내렸습니다. 하나는 정말 붓이 닳거나 못 쓰게 돼서 새것으로 바꿨다는 것입니다. 두 번째는 수색이 강화돼 필요한 물건을 들여오지 못하게 되자 다른 방법을 생각해 냈다는 것입니다. 바로 붓을 새것으로 바꿔 들여와서는 안 되는 물건을 이 붓 빈 공간 안에 감추는 것이죠. 그래서 제가 이 붓을 조사해 보고 깜짝 놀랄 만한 사실을 발견했습니다."

도웅은 여기까지 말하고 새 붓을 장비에게 건넨 다음 말했다.

"익덕 장군, 붓 안에 무엇이 있는지 한 번 보십시오. 붓 끝을 비틀면 열립니다."

성격이 조급한 장비는 얼른 그러마고 대답한 후 붓을 받아 만지작거리더니 크게 외쳤다.

"붓대 안에 뭔가가 있습니다!"

옆에 있던 관우도 같이 살펴보더니 하얀 물방울을 꺼내 들고 함께 소리쳤다.

"수은입니다! 붓대 안에 수은이 있습니다!"

수은이라는 말에 사방에서 사람들이 웅성거리기 시작했다. 내막을 모르는 장비는 순진하게 이를 유비에게 건네며 조사해 보라고 말했다. 유비는 억지로 고개를 끄덕였지만 마음속은 타들어가기만 했다.

이때 도웅이 큰소리로 말했다.

"맞습니다. 수은입니다! 수은은 매우 치명적인 독약입니다.

칠 전(약 10그램)만 먹으면 건장한 장사도 병으로 쓰러집니다. 제 부친은 수은이 섞인 탕약을 드시고 병환이 깊어진 것입니다!"

장동은 바닥에 연신 머리를 찧고 울먹이며 호소했다.

"공자님, 살려주십시오. 소인은 협박을 받아 어쩔 수 없이 한 일입니다. 그놈이 가족을 죽인다고 협박하는 통에 주공의 약에 독을 넣었습니다!"

이때 장비가 씩씩거리며 앞으로 나와 장동의 멱살을 잡고 소리쳤다.

"누가 널 협박했느냐? 빨리 말해라! 그렇지 않으면 이 손으로 네놈 모가지를 비틀어 버릴 테다!"

장동은 겁에 질려 사람들 틈에 섞인 한 사람을 가리키며 말했다.

"미방, 미 대인입니다! 미 대인이 소인에게 시킨 일입니다. 소인이 말을 듣지 않으면 제 아들놈을 죽이겠다고 협박했습니다. 소인이 서른여덟에 겨우 얻은 아들이라 시키는 대로 하지 않을 수 없었습니다!"

"네… 네놈이 어디서 헛소리냐!"

미방은 얼굴이 새하얘져 떨리는 목소리로 소리를 질렀다. 하지만 분노한 서주 백성들은 이미 그에게 욕을 퍼붓기 시작했다.

이 말에 장비는 장동을 바닥에 내팽개치고 성큼성큼 미방에게 다가갔다. 그는 마치 매가 병아리를 채듯 미방의 옷깃을 움켜쥐고 포효하듯 외쳤다.

"미방 이놈, 내 사람을 잘못 봤구나! 도 사군처럼 후덕한 분에게 어찌 감히 이런 짓을 저지를 수 있단 말이냐! 내 오늘 네놈을 찢어 죽이고 말리다!"

"장 장군, 아닙니다, 제가 그런 것이 아닙니다!"

미방은 사실 진짜 배후가 유비라고 말하고 싶은 마음이 굴뚝같았다. 하지만 그 말이 나오자마자 장비 손에 죽을 것 같아 발버둥 치며 변명했다.

"왜 저 장동의 말만 믿으십니까? 저놈이 절 모함하고 있는 것입니다. 저는 절대 하지 않았습니다."

이 말에 장동도 악이 받쳐 소리를 질렀다.

"모함이라고? 네놈이 나에게 금 20근을 주고, 또 일이 성사되면 30근을 더 주겠다고 하지 않았느냐! 만약 내가 말을 듣지 않으면 우리 가족을 몰살하겠다고 협박해 놓고 이제 와서 딴소리냐! 또 어젯밤에는 비상까지 주면서 기회를 봐 주공을 해치라고 한 놈이 누구냐!"

그러더니 장동은 품속에서 수은 한 병과 비상 봉지를 꺼내 높이 들고 소리쳤다.

"보십시오. 이것이 어젯밤 미방이 제게 준 수은과 비상입니다. 또 그 붓도 미방이 준 것입니다요!"

"거짓말, 거짓말 마라! 저놈이 없는 말을 꾸며내고 있
습……."

미방이 악을 쓰며 발악할 때, 화가 머리끝까지 난 장비가
미방의 뺨을 후려쳐 그의 말을 막아버렸다. 미방의 입에서는
새하얀 이 두 개가 빨갛게 물들어 튕겨져 나갔다.

이때 도응이 유비 앞에 무릎을 꿇고 애걸했다.

"숙부, 지금 부친께서 정무를 보시기 어렵고 저희 형제는 겁
약하여 어찌해야 좋을지 모르겠습니다. 그러니 숙부께서 이
를 공정하게 처리해 주십시오!"

유비는 또 이 도응 놈에게 당했다는 생각에 속으로 바득바
득 이를 갈았다. 하지만 어쩔 방법이 없어 멍하니 도응만 바
라보고 있자 장비가 나서서 말했다.

"형님, 이 간적 놈을 그냥 놔둬선 안 됩니다. 제가 형님 대
신에 이놈을 요절내겠습니다."

"아우, 잠깐 멈추게."

유비는 마침내 입을 열고 도응을 일으켜 세우며 물었다.

"이공자, 닷새 전에 도 사군을 모해하려는 원흉을 잡았으면
서 왜 그때 손을 쓰지 않고 지금까지 기다린 것이오?"

도응은 여전히 눈물을 흘리며 대답했다.

"감히 할 수 없었기 때문입니다. 미방은 동해의 거부라 행

동 하나하나가 서주에 큰 영향을 미치고 있습니다. 또 그의 형장 미축은 서주 별가로 대권을 손에 쥐고 있어서 경솔히 나섰다가 변고라도 생기면 감당하기 어려운 결과를 빚을까 두려웠습니다. 그래서 이 방법을 생각해 낸 것입니다. 몰래 미방의 물증을 잡고 숙부를 서주로 청한 것이니, 숙부께서 조카를 위해 원한을 씻어주십시오."

이 말에 유비는 괜히 시간을 끌다가는 자신까지 연루될까 두려워 미방을 제거하기로 마음먹었다. 그런데 이때 성격이 불같은 장비가 앞으로 나서며 소리쳤다.

"공자, 걱정 마시오. 이 장비가 미방 놈을 문초하리다. 네 이놈, 공범이 또 누가 있느냐? 네 형인 미축도 이 일에 가담하지 않았느냐?"

그러더니 급히 관우를 돌아보며 말했다.

"형님, 미축을 이리로 끌고 와주십시오. 그 역시 도 사군 모해에 가담했다면 함께 목을 베어버립시다!"

의리의 관우 역시 두말 않고 미축에게 성큼성큼 다가가 그를 질질 끌고 와 미방 옆에 꿇어앉혔다. 장비가 미축을 향해 소리를 질렀다.

"말해라. 네놈도 동생의 모의에 가담했느냐?"

이 말에 미축은 그저 고개를 푹 숙이고 낙담한 채 운명의 심판만을 기다렸다. 유비도 마음이 조마조마하기는 마찬가지였다. 그런데 그때 이를 앙다문 미방의 입에서 예상 밖의 대답이 나왔다.

"내 형장을 몰아붙이지 마시오. 그는 이 일과 무관하오. 모두 나 혼자 꾸민 일이오."

미방의 말에 미축과 유비는 깜짝 놀랐다. 평소 미방의 성격이라면 이실직고하고도 남았을 텐데, 혼자 죄를 다 뒤집어쓰다니! 미축은 눈물을 흘리며 아우에게 감사했고, 유비도 그동안 미방을 홀대한 것이 미안해졌다.

"오라, 이제야 네 입에서 바른말이 나오는구나! 감히 도 사군을 해하려 한 죄 죽어 마땅하다!"

그러더니 장비는 분을 참지 못하고 미방의 얼굴을 또 한 번 후려갈겼다.

장비가 씩씩거리며 유비 앞에 다가와 당장 분부를 내려달라고 청했다.

유비는 미안한 마음에 차마 명을 내리지 못하며 주저했다. 하지만 분노에 찬 사람들의 시선이 자신을 향한 데다 장비까지 재촉하자 하는 수 없이 장비에게 명했다.

"익덕, 미 대인의 목을 베 국법을 시행하게."

장비는 공수하고 대답한 후 미방 앞으로 가 허리춤에서 칼을 꺼냈다.

칼을 높이 든 그는 벽력같은 외침과 함께 단칼에 미방의 목을 땅에 떨어뜨렸다. 선혈이 흩날리며 언 땅에서는 김이 모락모락 피어올랐다. 그리고 미방의 부릅뜬 두 눈은 도응을 응시하고 있었다…….

"숙부, 저희 형제를 위해 공정한 판결을 내려주셔서 감사합니다."

도응 형제가 예를 갖춰 유비에게 감사의 말을 전했지만 유비의 표정은 떨떠름하기 그지없었다. 맥이 빠진 유비는 기계적으로 도응 형제를 일으켜 세우고 형식적인 인사말을 건넸다.

한편 미축은 시종 미방의 시신에 눈을 돌리지 않았다. 그는 천천히 도겸의 마차 옆으로 걸어가 무릎을 꿇고 머리를 조아리며 말했다.

"주공, 아우의 대역부도한 죄행을 미리 단속하지 못한 소신을 벌하여 주시옵소서."

도겸은 연신 기침을 해대더니 탄식하며 말했다.

"별가는 그만 일어나시오. 이 일은 그대와 무관함을 노부도 똑똑히 지켜보았소. 얼른 미방의 시신을 수습하여 편히 장사지내주시오."

미축은 다시 한 번 머리를 조아리며 말했다.

"주공의 은덕에 황송할 따름입니다. 비록 소신의 죄를 묻지 않으셨지만 주공을 뵐 낯이 없으니 별가직을 사임하고 가솔을 이끌고 동해로 돌아가 은거하도록 허해주십시오."

도겸은 고개를 끄덕인 후 미축에게 원하는 대로 하라고 말했다.

미축은 아무 말 없이 도겸에게 절한 후 휴대하고 있던 별가 영패를 조굉에게 건넸다.

넋이 나간 그는 사람을 시켜 미방의 시신을 수습하도록 명했다.

시신을 수습해 터벅터벅 걸어가는 그 역시도 산송장과 다를 바 없었다.

도겸을 비롯해 도응 형제와 서주 문무 관원들이 모두 돌아가고, 유비도 관우, 장비와 함께 군사를 이끌고 군영으로 향했다.

인산인해를 이루던 백성까지 모두 빠져나가자 눈이 살짝 쌓인 황량한 들판에는 드문드문 퍼진 검붉은 피만이 햇빛에 반사되고 있었다.

第九章
서주를 둘러싼 암투

하늘에서는 어느새 다시 눈꽃이 날리기 시작했다. 미방의 빈소는 적막하기 그지없었다. 미축은 함께 경야(經夜)하던 하인들을 모두 내보내고 커다란 빈소 안에 덩그러니 혼자 남아 미방의 위패 앞에 무릎을 꿇고 있었다. 그리고 그의 앞에는 흰색 비단이 놓여 있고, 그 비단에는 '귀 군영에 서신을 전하러 간 자는 도겸의 둘째 아들이오!' 라고 씌어 있었다. 미방의 목이 떨어진 후 도응이 시신 옆에 두고 간 서신이었다.

한참 동안 아무 말 없이 넋을 놓고 있던 미축의 귀에 대문 쪽에서 갑자기 떠들썩한 소리가 들려왔다. 욕지거리도 어렴

풋이 들리는 듯했다. 평소 같았으면 바로 나가서 무슨 일인지 알아봤겠지만 망연자실한 표정으로 아우의 위패를 바라보는 그는 그럴 기분이 아니었다.

이때 가병과 식객들이 빈소 안으로 들이닥쳐 미축에게 큰 소리로 말했다.

"큰 대인, 작은 대인을 해한 유비 형제 놈들이 조문한다고 찾아왔습니다. 이런 뻔뻔스런 놈들이 세상에 어디 있습니까! 지금 가병들이 문을 막고 있는데, 배은망덕한 이놈들을 베도록 허락해 주십시오!"

미축은 시종 아무 반응도 없다가 한참 만에 쉰 목소리로 입을 열었다.

"그들을 들여보내라."

이 말에 유협들이 성을 내며 고함을 질렀다.

"저놈들은 작은 대인을 해한 흉수입니다! 지금까지 대인께 입은 은혜가 얼맙니까? 그런데 은혜를 원수로 갚는 저런 놈들을……."

미축이 돌연 목소리를 높여 크게 화를 냈다.

"내 명을 거역할 셈이냐! 얼른 저들을 들여보내라. 절대 무례를 범해서는 안 된다!"

미축이 성을 내자 가병과 식객들은 하는 수 없이 물러나와 유비 형제를 안으로 들게 했다. 이들은 미축 사람들의 따가운

시선을 받으며 미방의 관을 안치한 빈소로 향했다. 유비는 관우, 장비에게 빈소 문 앞을 지키라 명하고 자신은 미축 혼자 있는 빈소 안으로 들어갔다. 유비는 향을 사르고 술잔을 들어 미방 앞에 다가가 무릎을 꿇고 사죄했다.

이어 유비는 시종 말이 없는 미축을 돌아보며 낮은 목소리로 말했다.

"자중, 오늘 일은 그대가 날 믿든 믿지 않든 꼭 해야 할 말이 있소이다. 자방을 죽인 건 바로 도웅 짓이오. 이 비가 그놈의 계략에 걸려 어쩔 수 없이 장비에게 자방을 죽이라고 명한 것이오."

그러더니 미축 앞에 머리를 조아리고 이를 부득부득 갈며 말했다.

"이 비, 만 번 죽어 마땅하오만 자방의 영전 앞에서 맹세하리다. 훗날 꼭 도웅 놈의 고기를 씹고 구족을 멸하여 자방의 원한을 갚겠소! 이는 그대가 우리 형제에게 베푼 하늘같은 대은에 보답하는 것이기도 하오!"

그래도 미축은 미동도 하지 않은 채 묵묵무언이었다. 한참을 기다려도 아무 대답이 없자 유비는 눈물을 뿌리며 목멘 목소리로 흐느꼈다.

"자중, 이 비의 사과와 맹서를 받아주지 않을 작정입니까? 그렇다면 지금 당장 자방의 영전에서 목을 찔러 사죄하고 그대들이 내게 보여준 충심에 보답하리다."

말을 마치더니 유비는 한참 동안 실성통곡한 후 진짜로 칼을 뽑아들었다. 유비가 탄식하며 칼을 자기 목에 겨누자 미축이 다급히 만류하며 마침내 입을 열었다.

"유비 공, 이러지 마십시오. 공이 어쩔 수 없어서 한 일임을 저도 잘 알고 있습니다. 하지만 이미 모두 지난 일, 여기서 끝내고 싶습니다. 자방의 시신을 안장한 후 가솔들을 이끌고 동해로 돌아가 세상과 담을 쌓고 조용히 살아가렵니다."

유비는 여전히 흐느껴 울며 말했다.

"자중, 어찌 그런 말을 하시오? 아우를 죽인 불공대천의 원수를 어찌 가만 놔둔단 말입니까? 게다가 도응은 악독하기가 시랑과 같아서 절대 그대를 용서할 리 없습니다. 그대가 권력을 버리고 귀향했다가 도응 놈에게 해를 당한다면 이 비는 죄를 하나 더 더하는 것이 됩니다."

미축은 고개를 저으며 앞에 놓인 비단을 가리켰다.

"굳이 애쓰실 필요 없습니다. 저는 이미 마음을 굳혔습니다. 자방의 죽음은 스스로 경솔하게 행동하다 얻은 자업자득인데 누구를 탓하겠습니까. 게다가 도응 놈이 이 서신을 돌려보낼 때 사람을 시켜 '묵은 빚은 다 정리했소'라고 이르더군요."

흐느끼며 비단을 집어 든 유비는 등골이 써늘해짐을 느꼈다. 그것은 전에 도응이 조조 진영에 자신의 서신을 전하러갈 때, 미방이 친필로 그의 신분을 밝힌 바로 그 서신이었다. 이를 빤히 알면서 지금까지 꾹 참고 있었다니! 유비는 도응의 꿍꿍이에 몸서리가 쳐졌다.

"유비 공, 오늘 공과 아우의 영전 앞에서 마음속 말을 꼭 해야겠습니다. 황건의 난이 일어나 천하가 크게 어지러워졌을 때, 가산이 억만금인 이 축이 도겸에게 출사한 것은 권력을 바라서가 아니라 스스로를 지키기 위해서였습니다. 그런데 도겸은 이미 연로하고 그의 두 아들은 수성의 주인이 되기에 너무 모자랐습니다. 하여 저도 모르게 옛날 여불위(呂不韋)의 기화가거(奇貨可居)를 본받고자 하는 마음이 싹텄습니다. 그러던 차에 유비 공을 만나 공의 웅재대략과 영웅기개에 감동해 스스로 주군을 버렸던 것입니다. 하지만 이는 축의 큰 오판이었습니다. 주군을 배신한 후에야 도응 공자의 지모웅략이 유비 공에 뒤지지 않는다는 사실을 깨달았습니다. 하지만 상황을 돌리기에는 이미 때가 늦어, 시간이 지나면 지날수록 더욱 깊은 수렁으로 빠져들다가 결국 자방이 죽음을 자초하는 지경에 이르렀습니다."

여기까지 얘기한 미축은 괴로운 웃음을 짓더니 유비가 들고 있는 비단을 가리키며 말을 이었다.

"방금 이 서신을 보고 도 공자의 말을 전해들은 후 축은 비로소 알았습니다. 만약 축이 뉘우치고 돌아갔다면 도 공자는 팔을 활짝 벌려 절 받아주었을 것이란 사실을요. 하지만 축은 소인의 마음으로 군자인 공자의 마음을 헤아리지 못해, 결국 제 손으로 직접 친동생을 죽이는 벌을 받은 셈입니다."

미축은 유비에게서 그 비단을 건네받아 화로에 던지고, 활활 타오르는 불길을 응시하며 말했다.

"저는 더 이상 영웅들 간의 다툼에 끼어들지 않기로 결심했습니다. 또 도 공자라면 안심하고 백성을 맡길 만한 인물입니다. 하여 유비 공께도 권합니다. 공과 도 공자는 모두 용봉지재(龍鳳之材)를 가져 우열을 가리기 어렵지만 공자에게 선수를 뺏긴 상황에서 다시 공자와 맞선다면 반드시 패하고 말 것입니다. 그러니 공은 하루라도 빨리 서주를 떠나 다른 기회를 노리십시오."

미축의 말에 유비는 여전히 눈물을 뿌리며 말했다.

"이 비가 무능하여 그대를 이런 곤경에 빠뜨렸구려. 하지만 도응은 누차 강조한 것처럼 사악하고 음흉한 놈이오. 그가 지금 그대를 가해하지 못하는 이유는 서주에 뿌리박고 있는 그대의 세력이 두렵기 때문이오. 그런데 그대가 초야에 은거한다면 도응은 필시 온갖 방법을 동원해 그대의 세력을 약화시킨 후 더 이상 그대가 힘을 쓰지 못할 때 반격을 노릴 것이오. 그때가 되면 후회해도 늦고 마오."

유비의 절절한 설명을 듣고 나자 미축도 마음이 조금 동요되었다. 도응의 은인자중하는 성격과 악독한 수법을 고려한다면 훗날 아무 일도 일어나지 말라는 법이 없었다. 게다가 나라의 재부를 당할 정도로 부유한 자신은 도응 무리가 군침을 흘리는 목표가 될 가능성이 높았다. 여기까지 생각이 미치자 미축은 고개를 저으며 탄식했다.

　"아, 이제 어찌하면 좋단 말인가? 공자가 두각을 나타낸 지금, 누가 공자를 상대할 수 있단 말인가?"

　그러자 유비의 눈에서 섬뜩한 빛이 번쩍였다.

　"자중은 마음 놓으시오. 이 비가 준비한 계책이면 도응 놈을 꼭 사지로 몰아넣어 그의 목을 자방의 영전에 바칠 수 있소. 비가 소패로 돌아간 즉시 여포에게 사신을 보내 식량 만 휘를 준 후 동맹을 맺어 조조를 치자고 권할 것이오. 식량 기근에 허덕이는 여포로서는 이 제안을 거절할 리 없소. 이때 비가 여포에게 슬쩍 도응과 동맹을 맺고 식량을 빌리는 것이 어떻겠느냐고 권한다면, 여포는 조조와의 대결이 서주에 간접적인 이익을 가져다준다는 생각과 식량을 차지하려는 욕심에 반드시 응하게 되어 있소."

　여기까지 말한 유비가 빙그레 웃으며 말을 이었다.

　"일이 성사돼 여포의 사자가 서주에 이르렀을 때, 도응이 만약 억지로 동맹을 맺는다면 여포의 요구를 만족시킬 수 없어 얼마 안 가 여포에게 질질 끌려다니게 될 것이오, 반대로 결맹을 거절한다면 여포가 발연대로하여 서주를 공격할 빌미를 제공하게 되는 것이오. 어떤 선택을 하든 서주는 여포의 손아귀에서 벗어날 수 없소."

"오, 그것 참 절묘한 계책입니다!"

미축은 유비의 이 계책에 찬탄을 보냈다. 도웅이 어떤 선택을 하더라도 함정에 빠질 수밖에 없는 절묘한 계책이었다.

그러자 유비가 미축을 살짝 떠보듯 물었다.

"이 계책을 성사시키려면 언변이 좋은 사신이 필요하오. 그래서 말인데, 자중이 이 임무를 맡아 산양에 사신으로 가 여포와 교섭을 벌인다면 효과가 분명 클 것이오. 이 기회를 이용해 자방의 복수도 가능한데, 그대의 생각이 어떠한지……."

"나쁜 놈들! 네놈들이 무슨 낯짝으로 이곳에 온 것이냐? 오라버니를 살려내라! 얼른 오라버니를 살려내!"

이때 갑자기 여인의 울부짖는 소리가 들리며 유비의 말이 끊어졌다. 이어서 슬픔이 극에 달한 미정이 비틀거리며 빈소 문 앞으로 달려와 미방을 죽인 장비를 주먹으로 치며 통곡했다.

사실 미정은 미방이 싸늘한 시신이 되어 집에 온 것을 보고 그 자리에서 혼절해 버렸다. 하녀들이 그녀를 부축해 방으로 옮긴 후 가까스로 깨어났을 때, 미정은 흉수인 장비가 왔다는 소식을 듣고서 상복으로 갈아입지도 않은 채 곧장 이곳으로 달려온 것이다.

이때 미축이 밖으로 달려 나와 실성해 몸부림치는 누이를 장비에게서 떼어놓고 큰소리로 꾸짖었다.

"네 오라비의 죽음은 장 장군과 무관하다. 더는 무례하지 마라!"

"오라버니야말로 제정신이오? 둘째 오라버니가 저놈 손에 죽었는데 그와 무관하다니요? 왜 저놈을 죽여 복수하지 않는 것입니까?"

"입 닥쳐라! 이제는 못하는 말이 없구나! 네 오라비가 장 장군 손에 죽은 건 맞지만 다 그가 자초한 일이니 장 장군을 탓하지 마라."

미축은 흥분한 미정의 마음을 가라앉히기 위해 일단 그녀를 빈소 안으로 데리고 간 후 미방이 해를 당하게 된 자초지종을 자세히 설명했다. 물론 미방이 도겸을 독살하려 한 진짜 목적은 생략한 채 말이다.

도응이 미방의 감정을 상하게 해 미방이 잠깐의 분노를 참지 못하고 의원을 매수해 도겸을 독살하려 했고, 결국 이 일이 도응에게 발각돼 유비가 국법을 시행하기 위해 장비를 시켜 미방의 목을 베게 되었다고 얘기해 주었다.

미정은 이 말을 듣고 믿기 어렵다는 듯 의아한 얼굴로 물었다.

"이공자가 둘째 오라버니의 기분을 상하게 하고, 또 죽게 만들었다고요?"

미축도 이 말에 고개를 갸웃하며 반문했다.

"둘째는 줄곧 이공자와 크게 반목했단다. 도 공자가 둘째를 뼈에 사무치도록 미워했는데 모르고 있었느냐?"

"그런데… 그런데 왜 도가에 청혼하고 소녀를 이공자에게 시집보내려고 한 것입니까?"

"뭐라고?"

미축은 미정보다 더 깜짝 놀라 물었다.

"누가 너에게 도가에 청혼하고 널 이공자에게 시집보낸다고 했단 말이냐?"

미정은 잠시 주저하다가 고개를 숙이고 대답했다.

"저도 누군가에게 들은 말입니다. 그리고… 또 이공자도 자기 입으로 인정했어요. 빨리 소녀와 혼인 날짜를 잡겠다고 했다고요."

미축은 어안이 벙벙해져 미정에게 어떻게 된 일인지 자세히 말하라고 다그쳤다. 미축의 추상같은 호령에 미정은 도응과 있었던 일들을 사실대로 이야기했다. 알고 보니 미축 형제가 누이에게 유비를 염두에 두고 서주의 영웅에게 시집보내겠다고 했던 말을 도응이 철저히 이용해 먹은 것이 아닌가.

진상이 드러나자 미축은 노기등등해 누이를 농락하고 아우를 죽인 도웅에게 욕을 퍼부었다. 하마터면 서주와의 끈이 끊어질 뻔한 유비는 일이 예상 밖으로 전개되는 이 상황에 속으로 반색하며 회심의 미소를 지었다.

가련한 미정은 얼이 빠져 한동안 그 자리에 멍하니 서 있었다. 그러더니 갑자기 괴성을 지르고 얼굴을 두 손으로 감싼 채 빈소를 뛰쳐나갔다. 눈보라가 몰아치는 칠흑 같은 어둠 속으로 미정이 사라지자 미축은 누이가 걱정돼 가병과 하녀들에게 속히 따라가 보라고 명했다.

눈보라 속에서 미정은 눈물범벅이 된 얼굴로 미가의 대문을 뛰쳐나왔다. 그녀는 뒤에서 가병과 하녀들이 부르는 소리에도 아랑곳하지 않고 서주 큰길을 달려 곧장 자사부 대문 앞에 이르렀다. 그녀는 대문을 쿵쿵 두드리며 눈물 섞인 목소리로 한 사람의 이름을 불러댔다.

"도웅 공자! 도웅 공자! 도웅, 얼른 나오시오! 얼른―!"

얼마나 고래고래 소리를 질렀는지 그녀의 목은 이미 쉬어버렸다. 그제야 대문이 천천히 열리며 도웅이 미정 앞에 나타났다. 미정은 도웅을 보자마자 그의 가슴을 주먹으로 때리며 소리쳤다.

"공자, 솔직히 말해주세요! 오라버니가 절 속인 거죠? 둘째 오라버니는 공자의 핍박에 못 이겨 유비 공이 죽였고, 또 오라버니는 공자에게 청혼한 일도 없고, 절대 청혼하지도 않겠다고 말했어요! 이게 다 사실인가요? 공자, 제발 대답해 주세요……."

하지만 도응은 아무 대꾸도 없이 묵묵히 서 있었다. 미정이 계속 물어도 도응이 입을 열지 않자 미정은 그의 가슴을 치며 흐느끼며 물었다.

"공자, 제발 대답해 주세요. 공자와 오라버니 중 누가 절 속이고 있는 거죠? 제발… 제발 꼭 말해주세요."

얼마나 지났을까. 미정의 눈에서 눈물이 마르고 소리를 질러도 목소리가 나오지 않을 때가 돼서야 도응이 나직하게 입을 열었다.

"소저, 이 일은 얘기하자면 너무 길다오. 그대가 냉정을 되찾은 연후에 내 진상을 모두 말해주리다."

"아니오. 전 지금 듣고 싶어요. 공자, 누가 절 속이고 있는 건가요? 빨리 말해달라고요!"

도응도 이 일을 어찌 설명해야 좋을지 몰라 가슴이 답답했다. 하지만 어떻게 대답하든 미정이 충격을 받을 것은 빤하므로 그저 침묵을 지키는 것이 답이었다. 그러자 미정이 갑자기 도응을 밀치며 말했다.

"공자가 지금 절 속이고 있는 거군요? 오라버니가 청혼한 적이 없는 것이 확실하군요? 그렇죠?"

도응이 미정의 눈을 똑바로 쳐다보지 못한 채 우물쭈물하자 미정이 갑자기 귀를 막고 괴성을 질러댔다. 그러더니 도응에게 다가와 그의 뺨을 때리려고 손을 들었다. 도응은 눈을 질끈 감고 그녀의 처분을 기다렸다. 하지만 미정은 바르르 떠는 손을 천천히 내리고 눈물을 거둔 후 이를 악물고 한 자 한 자 또박 말했다.

"공.자.를. 증.오.할 것.이.오!"

미정은 이 말을 남기고 몸을 돌렸다. 하지만 채 열 걸음도 가지 못해 중심을 잃고 픽 쓰러졌다. 다행히 옆에 있던 하녀가 잽싸게 그녀를 부축해 차가운 눈 바닥에 넘어지지는 않았다.

도응은 묵묵히 미정의 뒷모습을 바라보며 중얼거렸다.

"냉정을 되찾을 때까지 기다리겠소. 지금 그대에게 잔혹한 진상을 알린다면 그대만… 더 고통스러울 뿐이니까."

*　　　　　*　　　　　*

도응은 서주에 뻗치던 유비의 마수에 교묘한 차도살인 계략으로 대응하여 유비가 자기 손으로 조력자 미방을 베게 만들었다. 하지만 유비는 그 상황에서도 전혀 기가 죽지 않고 배신을 밥 먹듯 하는 여포를 끌어들일 계획을 세웠다. 여포라는 칼을 통해 서주를 혼란에 빠뜨린 후 서주를 병탄할 기회를 노리고자 한 것이다.

한편 도응과 유비가 서주에서 치열하게 벌이는 암투에 관심을 가진 이가 하나 더 있었다. 도응이 유비의 손을 빌려 미방을 벤 사건은 즉시 문서화돼 천 리 밖 한 효웅에게 전해졌다. 연주 견성에 웅거하며 이 소식을 전달받은 이는 다름 아닌 간웅 조조였다.

조조는 이 편지를 읽고 호쾌한 웃음을 터뜨린 뒤 즉각 모사들을 소집했다. 사람들이 모두 모이자 조조는 먼저 세작이 전해온 사실을 알리고 곽가에게 말했다.

"봉효, 그대가 서주에 펼친 계략이 드디어 효과를 보았네. 이 일로 유비와 도겸 부자가 반목하진 않았지만 힘을 합치기란 하늘에 오르는 것보다 어렵게 되었어."

병색이 완연한 곽가는 기침을 연신 해대며 말했다.

"주공, 과찬이십니다. 하지만 유비를 견제하려다 또 다른 맹호를 키운 격이 돼 송구할 따름입니다."

조조가 손을 내저으며 웃음을 지었다.

"그런 말 말게나. 사실 누가 상상이나 했겠는가? 도응이 시가에 정통한 줄로만 알았는데, 이토록 꿍꿍이가 많아서 묵은 원한을 차도살인으로 갚고 유비를 옴짝달싹 못하게 묶어둘

줄 말이야. 하하!"

조조가 앙천대소하자 곽가도 기침을 하며 따라 웃었다. 곁에 있던 조조의 장자방(張子房) 순욱도 미소를 짓고 말했다.

"명공, 도응은 꿍꿍이가 많을 뿐 아니라 용병에도 능합니다. 광릉 대전에서 8백 기병으로 수만 착용 군사를 대파하고, 약세인 병력으로 손책까지 크게 무찔러 이 회남의 명장을 죽음에 이르게 했습니다. 이런 전과는 아마 명공의 예상을 훨씬 더 넘는 것 아닌지요?"

조조가 태연히 고개를 끄덕이며 솔직히 말했다.

"맞소. 문약(文若), 사실 나도 이미 후회하고 있소. 유비라는 호랑이를 제거하려다가 더 큰 호랑이를 키웠으니 평생에 후환이 남는 것은 아닌지 말이오."

문약은 순욱의 자다. 모사 순유도 한마디 거들었다.

"이 맹호는 어쩌면 유비보다 더 위험할지 모릅니다. 둘 다 인중지룡이지만 유비는 아직 물을 만나지 못해 여울목에 갇힌 신세입니다. 하지만 도응은 다릅니다. 서주 5군이 원기가 크게 상했다고는 하나 근본이 흔들린 것은 아닌 데다 인구와 전량이 풍족하여 큰 뜻을 펼치기에 부족함이 없습니다. 언젠가는 반드시 주공의 대환이 될 것입니다."

조조도 순유의 말에 동의한다는 듯 고개를 끄덕이며 말했다.

"내가 그대들을 청한 것도 바로 이 때문이오. 유비와 도응은 다 맹호라 오래 기르면 반드시 사람을 해치게 되어 있소. 하여 이 두 호랑이가 싸우는 틈을 타 서주를 다시 칠까 하는데, 여러분의 생각은 어떠하오?"

순욱이 의아한 표정을 지으며 물었다.

"다시 서주를 친다고요?"

"그렇소. 변장자호(卞莊刺虎)를 본받아 두 호랑이를 일거에 제거하여 부친의 원한을 씻음은 물론 기근 문제까지 해결하려고 하오."

조조의 말에 모든 모사들이 하나같이 박수를 치고 찬동을 표했지만 오직 순욱만이 미소를 지은 채 아무 말도 하지 않았다. 장내가 조용해지자 그제야 순욱이 앞으로 나와 말했다.

"명공, 이는 절대 불가합니다!"

순욱의 갑작스런 반대에 조조가 놀라 물었다.

"문약, 그게 무슨 말이오?"

"옛날 고조께서 관중(關中)을 보위하고 광무(光武)께서 하내(河內)에 웅거한 것은 이곳을 기반으로 천하를 제패하고자 했기 때문입니다. 이 땅들은 적을 공격하기 용이할뿐더러 소수의 병력으로 방어하기도 쉽습니다. 그래서 처음에는 비록 고전을 했지만 결국 천하 대업을 완수할 수 있었습니다. 지금 연주와 하제(河濟:황하와 제수)는 천하의 요새로 곧 옛날의 관중과 하나입니다. 그런데 만약 서주를 취하려다가 여포가 쳐들어오면 어찌하실 요량입니까? 연주를 잃을 것이 빤한데 서주마저 얻지 못한다면 명공은 어디로 가려 하십니까? 또 도응을 한스러워하는 유비가 창을 거꾸로 잡고 우리와 연합한다 해도 서주는 쉽게 무너지지 않습니다. 장패가 이미 낭야군을 이끌고 도겸에게 귀순한 데다 서주성에는 물자와 양식이 풍족하여 단시간 내에 함락하기란 절대 불가능합니다."

조조는 순욱의 말이 일리가 있다고 여겼지만 당장 기근 문제를 해결해야 했기에 난처해하며 말했다.

"하지만 흉년에 메뚜기 떼의 습격까지 겹친 상황에서 이곳을 지키고만 있는 것은 양책이 아니오."

그러자 순욱이 웃으면서 대답했다.

"그것이 무에 어렵겠습니까? 신에게 기근 문제를 해결할 방책 세 가지가 있습니다."

이 말에 조조는 크게 기뻐하며 물었다.

"오, 무슨 묘책인지 얼른 말해보시오."

"첫째는 원소에게 구원을 청하는 것입니다. 여포가 전에 원소 휘하에 있을 때 자주 무례를 범하여 원소가 그를 죽이려 한 일까지 있었습니다. 명공이 원소에게 사신을 보내 동맹을 청하고 여포를 제거하기 위해 식량을 빌려달라고 하면 원소는 기꺼이 응할 것입니다.

둘째는 먼저 진류(陳留)를 공략한 후 여남(汝南)과 영천(穎川)으로 군대를 나눠 황건 잔당인 하의와 황소에게서 군량을 빼앗는 것입니다. 이들은 관가와 민가를 습격해 금백(金帛)과 양식을 산더미처럼 쌓아놓았습니다. 이들은 도적 무리라 많은 군대를 동원하지 않고도 쉽게 물리칠 수 있습니다. 이는 조정과 백성에게도 이로운 일이어서 일전쌍조의 효과가 있습니다."

조조는 겸허하게 조언을 경청한 후 고개를 끄덕이며 물었다.

"나도 전부터 원소에게 식량을 빌릴 생각은 했었소. 그럼 세 번째 묘책은 무엇이오?"

"세 번째는……."

이때 순욱이 갑자기 뜸을 들이더니 대뜸 조조에게 공수하며 말했다.

"절대 노여워 마십시오. 욱의 세 번째 계책은 명공께서 도겸과 동맹을 맺어 식량을 빌리고 함께 여포를 공격하는 것입니다."

조조는 이 말에 화를 내지 않고 그저 담담히 미소를 지으며 말했다.

"문약, 세 번째 계책은 아니 들은 걸로 합시다. 도겸은 내 부친을 죽인 원수인데 어찌 화친을 청할 수 있겠소?"

그러자 곽가가 웃으면서 대화에 끼어들었다.

"주공, 문약의 세 번째 계책은 실로 절묘하니 세 번 생각해 보시길 청합니다. 이 계책은 화살 한 발로 새 여러 마리를 떨어뜨릴 수 있는데, 어찌 채납하지 않으십니까?"

"오, 그건 또 무슨 말인가?"

"도겸 부자와 화친을 맺으면 아군의 식량 기근 문제를 해결할 수 있으니 첫 번째 이로운 점이오. 여포가 이 사실을 알면 분명 대로하여 군사를 나눠 서주로 출격할 것이니 우리도 안심하고 여남과 영천을 취할 수 있는 것이 두 번째 이로운 점입니다. 또 여포가 서주를 공격하면 유비가 이 틈을 타 중간에서 이득을 취하려 들 테니 세 세력이 서로 견제하며 병력을 소모하는 것이 세 번째 이로운 점입니다."

조조가 손뼉을 치며 크게 웃다가 갑자기 무슨 생각이 들었는지 곽가에게 물었다.

"그런데 만약 도겸 부자가 동맹을 거부하면 어찌하는가?"

"유비라는 큰 내환을 가진 도겸 부자는 절대 주공의 제안을 거절할 리 없습니다. 또 주공께서 먼저 구원을 잊고 동맹을 청하는데, 선의를 무시한다면 그들은 명분까지 잃고 맙니다."

이어서 순유가 곽가의 말을 보충했다.

"설사 도겸 부자가 주공의 제안을 거절한다 해도 여포는 서주에 미련이 있을 것입니다. 양식이 부족한 상황에서 아군이 남하했다는 소식을 듣는다면 여포가 이 기회를 놓칠 리 만무합니다. 여포의 서주 공략이 실패하든 성공하든 주공께 이득만 있지 해가 될 건 없습니다."

조조가 앙천대소하며 큰소리로 말했다.

"좋다. 세 번째 계책을 속히 시행하라!"

*   *   *

한편 서주성에서 하루를 머문 유비는 도겸 부자와 전처럼 적의 침공에 대비하기로 결정했다. 이에 유비는 즉시 도겸 부자와 작별 인사를 나눈 후 관우, 장비와 함께 소패성으로 돌아갔다.

유비가 소패로 돌아오자마자 간옹은 몰래 큰 선물을 가지고 북상해 산양의 여포를 찾아갔다.

소패성에 심어놓은 조굉의 첩자에 의해 이 소식이 서주성에 전해지자 도응은 자사부 대당을 반 시진 넘게 서성이며 유비의 계획을 유추해 보았다. 유비는 먼저 여포와 친분을 맺은 후 여포에게 서주와 동맹을 맺으라고 부추길 것이다. 기근에 시달리는 여포로서는 이 제안을 거절할 리가 없다. 여포에게도 동맹의 명분은 충분했으니까 말이다. 공동의 적인 조조를 여포가 막고 있으니 간접적으로 서주에 은혜를 베푸는 것과 다름없었다고 하면 그만이다.

이에 여포의 사자가 서주에 이르렀을 때, 동맹을 수락한다면 유비보다 더 무시무시한 시랑을 키우는 꼴로 매일 시달림을 당하고 적반하장을 감수해야 한다.

그렇다고 거절한다면 유비가 중간에서 이간질할 필요도 없이 여포는 옳거니 하며 이 부유한 땅을 공격할 것이다. 이때 유비는 여포가 군대를 이끌고 남하한 틈을 타 이득을 챙기려 들 테니, 어떤 결과든 도응으로서는 상상하고 싶지 않았다.

유비의 심중을 꿰뚫고 있다고는 하나 이를 깨뜨릴 방법은 전혀 없었다. 유일한 방법은 서주군이 여포도 두려워하지 않을 만큼 막강한 군사력을 갖추는 것인데, 유감스럽게도 서주군은 소패의 유비 외에는 여포도, 조조도 당해내기 어려웠다.

도응이 갑자기 걸음을 멈추고 탄식하며 말했다.

"아, 아무리 머리를 쥐어짜내도 여포를 대항할 방법이 없단 말인가!"

이때 도응의 행동을 유심히 지켜보던 진등이 한 가지 방법을 제안했다.

"공자, 차라리 우리가 먼저 여포에게 동맹을 요청하는 건 어떨까요? 적당히 식량을 내주고서 여포를 진정시켰다가 명년 봄 조조와 여포가 다시 전쟁을 벌일 때까지 시간을 버는 겁니다."

도웅이 이 말에 쓴웃음을 지었다.

"저 역시 그 계책을 고려해 봤습니다. 하지만 여포가 터무니없는 요구를 해오면 대책이 없습니다. 군량 2, 3만 휘 정도면 저도 내줄 용의가 있습니다. 한데 서주를 보호한다는 명목으로 10만, 20만 휘를 요구한다면, 글쎄요… 시장에서 물건 파는 것처럼 흥정을 해야 할까요?"

"흥정도 방법 중 하나입니다. 여포를 분노케 하지 않는 선에서 대량의 양식을 얻을 수 있다는 희망을 심어준 후 조조와 다시 개전할 때까지 시간을 끌면 되지 않습니까?"

도웅은 한참 동안 말이 없다가 고개를 절레절레 흔들었다.

"더 좋은 방법이 없다면 그리 합시다. 하지만 시간을 얼마나 끌 수 있을지 걱정입니다."

이때 노숙이 공수하며 말했다.

"공자, 시간을 끄는 것이라면 신에게 계책이 하나 있습니다. 소량의 전량만 있으면 여포를 잠시 진정시키는 동시에 회답이 늦어진다고 여포가 대로하는 일은 없을 것입니다."

이 말에 도웅의 눈이 번쩍 떠졌다.

"군사, 무슨 묘책인지 속히 말해보시오."

"현재 주공의 병환이 깊어 서주 대사는 공자가 다 처리하고 있습니다. 이때 서주의 방어를 완벽히 구축한 후 서쪽으로 패국, 여남, 영천 등지를 공격하는 겁니다. 이 군현들에는 황건

잔당인 하의, 황소 등이 많은 금백과 양식을 은닉한 채 도사리고 있습니다. 굳이 많지 않은 병력으로도 충분히 공략이 가능해 아군의 물자에 큰 보탬이 될 것입니다.

이런 상황에서 여포의 사자가 오면 서주의 주인이 없어서 결정을 내리지 못하겠다고 말하면 됩니다. 그런 다음 대공자가 여포에게 양식 1만 휘를 주어 성의를 표한 후 공자가 돌아오면 동맹을 맺겠다고 약속합니다. 또 공자는 여포에게 서신을 보내 정벌이 끝난 후 교섭을 마무리 짓겠다고 하면 장기간 여포를 진정시킬 수 있습니다."

하의와 황소라는 말에 도응의 입에서 웃음이 나왔다. 초창기 군자군 훈련 시에 이들을 토벌했던 기억이 났기 때문이다. 어쨌든 도응은 고개를 저으며 말했다.

"자경, 농담하십니까? 부친의 병환이 여전하시고 서주도 내우외환에 시달리는데 어찌 함부로 서주를 떠날 수 있단 말이오?"

"공자, 서쪽으로 정벌에 나서지 않는다고 주공의 병환이 치유되고 서주의 위기가 해소된답니까? 유비가 여포를 끌어들여 혼란을 조장하는데 아무 대책도 없으면서 서주에 남을 필요가 있겠습니까? 차라리 하의와 황소를 공격해 유비의 함정에서 벗어나고 덤으로 전량과 병력을 얻는 것이 낫지 않겠습니까? 또 여남과 영천은 팽성에서 거리가 그다지 멀지 않아

군자군의 속도라면 이레 안에 서주로 돌아올 수 있는데 무슨 걱정입니까?"

도응은 말문이 막혀 자리로 돌아와 앉아 고민에 빠졌다.

'서주 토지에만 의지해서는 확실히 군사력 발전을 기대하기가 어려워. 차라리 역사 속 조조를 본받아 사방으로 출격하면 군사들이 실전 경험도 쌓고 전투력이 강해져 정예병으로 키우는 데 도움이 되겠어.'

여기까지 생각이 미친 도응은 마침내 입을 열었다.

"중대한 일인지라 먼저 부친과 상의한 후 다시 말해주리다."

하지만 도응은 부친의 건강 때문에 출정을 망설이고 있었다. 자신이 자리를 비운 사이, 뼈만 앙상하게 남을 정도로 수척해진 도겸에게 변고가 생긴다면 이보다 더 큰 불효가 어디 있겠는가. 또 불안한 서주 정국 역시 요동칠 것이 불을 보듯 뻔했다.

그런데 도겸은 노숙의 건의와 도응의 근심을 모두 전해 듣고 뼈와 가죽만 남은 손을 뻗어 아들의 손을 잡더니 미소를 짓고 말했다.

"가거라, 아들아. 노숙의 말이 심히 옳구나. 천하에 뜻을 둔 자라면 응당 시야를 더 넓혀야 한다. 여포의 침공은 그리 걱정할 필요 없다. 우리 주력군이 주요 성지만 굳게 지키고 첫 공격만 잘 막아낸다면 식량이 부족한 여포는 오래 버티지 못할 것이다. 그리고 이 아비는 네가 개선하며 돌아올 날까지 꿋꿋이 버틸 테니 걱정 말아라."

도웅은 부친이 자신을 격려하려고 일부러 과장된 모습을 보이는 것 같아 서글픈 마음이 들었다. 하지만 이내 북받치는 감정을 억누른 후 두 무릎을 꿇고 정중하게 예를 갖추며 낭랑한 목소리로 말했다.

"그럼 이 불초한 소자, 부친 곁을 떠나 잠시 다녀오겠습니다."

第十章
예주로 출격하다

　도겸으로부터 예주 출격을 재가받자 도응은 즉각 노숙과 진
등을 소집했다. 이들은 출정 계획에 대해 논의한 후, 병사 4천
5백 명을 거느리고 황건적 토벌에 나서기로 결정했다.

　이번 서정의 주장은 물론 도응이고, 군사는 노숙이었다. 군
대 편성을 보면, 천여 명으로 규모가 늘어난 군자군은 도응이
직접 통솔하고 도기가 부장을 맡았다. 서주군 1천 5백 명은
서성이 통솔했다. 이밖에 나머지 2천 낭야군은 낭야 장수 손
관이 지휘했다.

　원래 손관은 유비에게 호의를 보였으나 광릉 전투에서 도

웅이 보여준 활약에 감탄해 이미 도웅 쪽으로 마음을 돌린 지 오래였다.

서주 방어에 있어서 도웅은 한 차례 중대한 조정을 거쳐 장패가 거느린 5천 낭야군을 소패와 경계를 이루는 유현에 주둔시켰다. 이로써 유비의 일거수일투족을 엄밀히 감시하고, 혹시 조조나 여포가 남하했을 때 후방에서 준비할 시간을 벌어주는 완충 역할을 맡겼다.

서주성은 도겸이 친히 주재하며 보좌역인 조표, 진등과 상의해 일을 처리했다. 또 하비에는 지모가 뛰어난 진규를 파견해 허탐을 돕도록 했다. 한편 낭야, 동해 양 군은 각각 윤례와 서구에게 그대로 맡아 다스리도록 했다.

서주 방어 편제가 마무리될 즈음에 도웅은 진등에게 한 가지 임무를 더 부여했다.

"미축이 관직을 사임하고 동해 고향으로 돌아갔다고는 하나 경계를 늦춰서는 안 됩니다. 유비와 여전히 밀통할 가능성이 높으니 사람을 붙여 철저히 감시하십시오. 서주성에 있는 미축의 상점들도 유심히 지켜보시고요."

진등은 고개를 끄덕여 이에 대답했다. 10월 스무닷새 날, 모든 준비를 마친 도웅은 도겸 및 서주 문무 관원들과 작별한 후 4천 5백 보기를 거느리고 소관(蕭關)을 지나 패국으로 들어간 다음 호호탕탕하게 예주 내지로 진입했다.

이 시기 예주에는 우습게도 자사가 셋이나 있었다.

첫째는 원술이 임명한 예주자사 손분이었다. 그런데 손견의 조카이자 손책의 사촌인 손분은 예주자사에 임명되고 한 발짝도 예주 땅을 밟지 못했다. 원술의 명으로 줄곧 장강 이남에 배치돼 유요, 엄백호 등을 견제했기 때문이다.

둘째는 원소가 임명한 예주자사 곽공(郭貢)이다. 하지만 이 곽공 역시 예주에 주둔하지 않았다. 그는 원소를 배신하고 여포를 따라 연주에서 조조를 공격했다. 현재 최전방에서 조조와 대치하고 있는 중이다.

마지막은 바로 유비이다. 도겸이 이각, 곽사에게 표를 올려 봉한 것이다. 유비야말로 유일하게 예주 땅에 주둔한 예주자사였다. 물론 예주 동북쪽 끄트머리의 소패를 다스리고 있지만 말이다. 도겸은 예주 패국군의 치소(治所)인 패국과 소관 일대를 점거했지만 예주자사인 유비에게 이를 맡기지 않고 자신이 직접 다스렸다.

자사처럼 중요한 관직이 난립하는 상황을 본다면 예주 경내가 얼마나 혼란스러운지 짐작이 갔다. 대부분의 땅은 황건 잔당과 도적들의 놀이터가 되어 하의, 황소, 하만, 공도, 유벽 같은 무리들이 활개를 쳤다.

지방 관원들은 감히 진압은 엄두도 못 내고 성안에 숨어 이들의 공격을 방어할 뿐이었다.

이렇다 보니 백성들의 고통은 이루 다 말하기 어려운 상황이었다. 그나마 재력이 있는 자는 노숙처럼 성보를 쌓아 스스로를 지켰지만 대다수 백성은 타향으로 떠나거나 하늘에 운명을 맡긴 채 살아갔다. 사방 천지에 백골이 널려 있고, 천리를 가도 닭 울음소리조차 들리지 않았다.

도응은 대군을 거느리고 소관을 지나 채 이틀도 안 걸려 패국성에 도착했다. 패국성을 지키는 한직(韓直)과 관원들은 무리를 이끌고 나와 도응 일행을 영접했다. 그런데 도응이 성 안으로 들어가 보니 집이 대부분 파괴되고 길거리가 한산하며 백성들의 얼굴은 굶주림에 누렇게 떠 있었다. 이에 도응은 백성에게 해가 될까 봐 즉각 성에서 빠져나왔다.

도응은 한직 등의 호의에 감사를 표한 후 예주 지리와 민정에 밝은 현지 안내자를 몇 명 소개해 달라고 청했다. 이어 대군을 이끌고 계속 서쪽으로 전진해 조조의 고향인 초현까지 이르렀다.

한직에게 얻은 안내자 중에 고랑이라고 부르는 고참병이 있었는데, 나이 마흔쯤에 머리가 벗겨졌으며 일찍이 황건적 무리에 가담한 적이 있었다. 입담이 좋고 말이 너무 많아 도응과 노숙은 그를 별로 좋아하지 않았다. 그러나 이자가 예주 내부

상황은 물론 이 일대에 도사리고 있던 도적 무리의 대체적인 현황과 성격, 습관에 대해 손바닥 보듯 훤히 알고 있었기 때문에 어쩔 수 없이 그 시끄러운 수다를 참아가며 옆에 두었다.

노숙은 그의 얘기도 끊을 겸 웃으면서 물었다.

"고랑, 자네가 산적들의 상황을 모두 알고 있다니 묻겠네. 우리가 어찌하면 여남과 영천 일대의 황건적을 신속히 소탕할 수 있겠나? 빠르면 빠를수록 좋네."

입담이 좋던 그가 잠시 주저하며 머리를 긁적이더니 말했다.

"그건… 군사님, 소인이 보기에 결코 쉬운 일이 아닙니다. 하의, 황소, 하만, 공도, 유벽 이들 대왕은 아주 약아빠졌습죠. 관병이 많다 싶으면 잽싸게 내뺐다가 수가 적어지면 그때야 공격에 나서고 상황이 불리해지면 뒤도 안 돌아보고 도망갑니다. 그들을 완전히 소탕하기란 거의 불가능한 일입죠."

노숙과 도웅은 서로의 얼굴을 바라보며 이 고참병의 말이 일리가 있다고 여겼다. 군자군이 아무리 속도가 빠르다 해도 이곳 지리와 도로에 익숙한 적이 몸을 숨기면 쉽게 찾아내기 어려웠다.

노숙과 도웅이 얼굴을 찡그리고 고민에 빠지자 산적 출신인 손관이 나서서 건의했다.

"공자, 어쨌든 우리는 식량과 돈만 빼앗으면 되지 않습니까?

그럼 아예 백성들을 텁시다. 앞이 바로 진국군이니 투석기 몇 대를 날려 현성을 공략하면 식량 몇 만 휘쯤은 우습습니다. 백성을 약탈하다가 하의, 황소 같은 무리의 소굴을 만나면 다시 이를 털면 되고요."

도응과 노숙은 일제히 아연실색했다. 물론 이번에 가져온 군량이 기껏해야 한 달 치 정도로 신속히 도적들의 식량을 빼앗지 못한다면 곤란한 상황에 닥칠 수 있었다. 아니, 그렇다고 무고한 백성을 약탈하자는 것이 말이 되는가!

그런데 손관의 말이 떨어지자마자 고랑의 눈이 반짝거렸다.

"공자님, 백성을 약탈하신다면 소인이 길잡이가 되겠습니다. 앞쪽에 있는 초현 현성은 부유한 자들이 많아서 소득이 꽤 짭짤할 겁니다."

손관도 종용하며 말했다.

"이거 정말 좋은 생각입니다. 초현은 진국군과 바로 붙어 있어서 빼앗은 식량을 쌓아놓기에도 안성맞춤입니다. 나중에 황건적에게 빼앗은 식량도 비축해 두었다가 서주로 함께 운반하시죠."

도응은 쓴웃음을 지으며 자기 머리 위로 펄럭이는 군자 대기를 가리키고 손관에게 말했다.

"중대, 좋은 생각인 건 알겠소만 절대 잊지 마시오. 나는 군자군의 주장이요, 군자군은 도덕과 인의의 군대란 사실을 말이오. 우리는 얼어 죽어도 남의 집을 헐지 않고, 굶어 죽어도 도적질을 하지 않는데 어찌 백성을 약탈하는 악행을 저지를 수 있겠소?"

그러자 넉살 좋은 고랑이 또다시 앞으로 나섰다.

"공자님, 그럼 우리가 아예 황건적으로 변장하면 됩니다. 전에 패국성에 있을 때 한직 장군이 종종 써먹은 수법이거든요. 군사들을 황건적으로 변장시키고 나가서 백성이고, 상점이고 마구 털었습죠, 헤헤."

고랑의 말에 도응의 눈이 반짝였다.

"오, 그거 정말 좋은 생각이다!"

노숙도 무릎을 치며 탄식했다.

"이 방법이 실로 절묘합니다. 공자, 예주 내지에서 황건적으로 변장하면 거리낄 것이 없어지고, 정정당당하게 다른 황건적들과 연락이 가능해집니다. 기회를 틈타 저들이 식량을 저장해놓은 곳을 알아낸 다음 기습을 가하면 황건적도 소탕하고 식량도 얻는 일거양득의 전과를 올릴 수 있습니다."

"공자, 이 일은 저희에게 맡겨주십시오."

손관과 고랑은 이구동성으로 대답했다. 이어 고랑이 비실비실 웃으며 도응에게 말했다.

"공자님, 소인이 황건적의 변말과 암호말을 모두 알고 있습니다. 책임지고 다른 황건적과 연락을 취해 이들이 식량을 쌓아놓은 소굴을 꼭 알아내겠습니다요."

이 말에 도응은 큰소리로 웃더니 말고삐를 잡아당기고 채찍으로 고랑을 가리키며 말했다.

"하하, 너는 한직에게 돌아가지 말고 나를 따르라. 먼저 친병대에서 임무를 수행하면 후에 널 꼭 중용하겠다."

고랑은 크게 기뻐 재빨리 무릎을 꿇고 연신 머리를 조아렸다.

도응은 채찍을 휘두르며 전군에 명을 내렸다.

"전군은 여기서 행군을 멈춘다. 오늘은 이곳에 영채를 차리고 휴식을 취한 후 내일 다시 출발한다!"

명령이 전달되자 서주 대군은 즉시 걸음을 멈추었다. 뒤에서 군사들을 지휘하던 도기와 서성 등 장수들이 급히 달려와 무슨 일인지 물었다.

"당연히 좋은 일이다."

도응은 입을 삐죽이며 웃은 후 서성에게 명했다.

"문향은 즉시 군사 5백과 이 고랑을 데리고 패국으로 돌아가 한직에게서 황건적이 사용하는 옷과 도구를 모두 챙겨오게. 만약 옷이 부족하면 패국성 안의 백성들에게 전량을 주고 누더기를 사도록. 내일 아침이 밝기 전까지 무조건 옷 4천 5백 벌을 이리로 가져와야 한다. 또 머리에 두르는 누런 두건도 전부 챙겨오고, 모자라면 천에 황색 염료를 발라 모두 노랗게 물들여라."

서성은 무슨 영문인지 몰라 어리둥절했지만 급하다는 말에
일단 명을 받고 패국성으로 출발했다. 그러자 옆에 있던 도기
가 의아한 얼굴로 물었다.

"형님, 대체 무슨 일을 꾸미는 겁니까? 새 군복을 놔두고 누
더기를 입으라니요? 우리 군자군을 걸개군으로 만들 생각입
니까?"

도응이 슬쩍 미소를 짓고는 군사들을 향해 큰소리로 외쳤
다.

"맞다. 지금부터 우리는 잠시 군자군이 아니니 깃발을 모두
거두도록 해라. 반드시 기억해라. 우리는 군자군이 아니다. 그
리고 나도 도응 공자가 아니다. 이제부터 나는 지공장군(地公
將軍) 장보(張寶)의 옛 부장… 혼세천왕 번서니라!"

                *   *   *

진국상(相) 허창은 불길한 예감에 꼭두새벽부터 눈을 떴다.
그는 일찍이 예주자사 공주를 따라 동탁 토벌전에 참가한 적
이 있으며, 지금까지 살아남은 극소수의 주군의 장들 중 하나
였다.

전란으로 어수선한 상황에서도 목숨을 부지하고 있다는 건

그만큼 위험에서 몸을 숨기는 능력이 탁월했음을 말해준다.

하지만 어제 패국에서 도망쳐 온 백성으로부터 전해들은 소식 하나 때문에 마음이 조마조마했다. 패국군 내에 황건적이 출몰했는데, 오전 반나절 만에 초현 현성을 접수했다는 것이다. 여남과 영천 일대의 황건적이 흉포하다고는 하나 공성전에는 비교적 약해 성이 쉽게 함락당하는 일은 거의 없었다. 그런데 패국 황건적은 뜻밖에 오전 시간 만에 성지를 공략했으니 그 흉맹함을 가히 짐작하고도 남았다.

허창은 패국 황건적이 초현에 만족하길 바랐다. 하지만 그의 기대는 여지없이 무너졌다. 정오에 척후마가 달려와 신평(新平) 동쪽 20리 지점에 이미 황건적이 출현해 현재 진국군을 향해 진군 중이라고 알렸다.

허창은 이 전갈에 깜짝 놀랐다. 진국에서 초현까지 거리는 대략 2백 리, 그리 먼 거리는 아니지만 이렇게 빨리 올 줄은 몰랐다. 오늘 신평에 당도했다면 늦어도 내일 아침이면 진국성 아래에 이를 것이 틀림없었다.

다급해진 허창은 뭇 장수들을 소집해 대책을 논의했다. 피난을 가자는 쪽과 맞서 싸우자는 쪽이 대립해 의견이 엇갈리면서 저녁 무렵에 이르렀을 때, 이들은 한 번 더 깜짝 놀랐다.

수천에 달하는 황건적이 이미 거수(渠水) 강가에 당도해 거수 동쪽에 영채를 차리고 밥을 지어먹고 있었던 것이다.

겨울이라 물이 마른 거수에 밤새 교량을 설치한 황건적은 다음 날 사신을 보내 항복을 권유했다. 허창은 그제야 이들의 수령이 지공장군 장보의 애장인 혼세천왕 번서라는 사실을 알았다.

이들은 양식을 빌리고 성에 며칠만 머물게 해달라고 요구했다. 허창이 흔쾌히 응한다면 성중의 백성들은 무사하겠지만 그렇지 않으면 성을 공격해 전성을 몰살하겠다고 위협했다.

하지만 허창이 이런 무리한 요구를 받아들일 수 없다고 거절하자 황건적은 즉각 거수를 건너 진국성 남문을 포위하고 진영을 갖췄다. 그러고는 3백 보 밖에서 기괴하게 생긴 투석기를 연신 날려댔다.

날아온 돌에 성루가 무너지고 성벽은 금이 갔으며, 성 안에 떨어진 석탄에 군사와 백성들은 혼비백산이 돼 이리저리 도망치기 바빴다.

투석기에 성안이 아수라장이 되자 도응은 잠시 포격을 멈추라고 명했다. 이어 고랑이 성 앞으로 달려가 큰소리로 고함을 질렀다.

"허창은 나와서 내 말에 대답하라! 번서 대왕께서 마지막으로 주는 기회니라. 지금 성문을 열고 투항한다면 성중의 백성은 모두 살려주겠다! 하지만 끝까지 저항한다면 투석기로 성벽을 무너뜨리고 성 안으로 난입해 개미새끼 한 마리 남기지 않고 모조리 죽이겠다!"

"창천이사, 황천당립(蒼天已死, 黃天當立)!"

하늘을 쩌렁쩌렁 울리는 구호 속에 전전긍긍하던 허창이 황건적 사자에게 대답했다.

"번서 대왕에게 전해주시오. 진국성 백성들이 양식 3만 휘, 소 10두, 돈 5만 냥을 드릴 테니 군대를 물려주시기 바라오!"

"아니 된다! 허창은 잘 들어라. 번서 대왕은 진국성을 원하지 식량을 구걸하러 온 것이 아니다. 투항한다면 네 진국상 자리는 보존해 주겠다. 한 번 더 흥정하려 든다면 본때를 보여주리다!"

"진국상 자리를 보존해 준다고?"

이 말에 허창은 마음이 움직이기 시작했다. 중간에 혹시 협사가 있지 않을까 주저했지만 저 기괴한 무기를 당해내기는 어렵다는 생각에 군사들에게 성문을 열라고 명했다.

"내 이미 성문을 열었소. 돌아가 번서 대왕에게 약속대로 절대 노부와 백성들을 해치지 말아달라고 이르시오!"

번서 대왕, 아니 도응은 곧장 성안으로 들어가 군사들에게 신속히 수비군의 무장을 해제시키고 식량 창고를 접수하라고 명했다.

이어 백성을 약탈하지 말라는 엄명을 내린 후 허창을 끌고 오게 했다.

"잘 들어라. 당장 진국상의 이름으로 방문을 붙여 성 안의 백성을 위무하라. 그리고 본 대왕이 대량의 인부가 필요하니 장정들을 소집해 노역에 동원하라! 알겠느냐?"

'방문을 붙이고 장정들을 소집하라고?'

이 말에 허창은 도무지 갈피를 잡지 못했다. 대체 이자는 황건적인가, 아니면 관부의 장군인가?

자리를 보존해 준다는 데다 백성을 건드리지 않는다니 명에는 따르겠지만 여느 황건적과 완전히 다른 모습에 어리둥절할 수밖에 없었다.

투석기의 위력을 시전해 간단히 진국성을 접수한 도응은 신속히 다음 행동에 들어갔다.

진국성의 방위를 물샐틈없이 재편하는 한편, 군사와 인부를 인근의 신평, 장평(長平), 부락(扶樂), 양하(陽夏) 등지로 보내 이들 현성 창고에 보관 중인 전량을 모두 진국성으로 모은 후 다시 초현 본영으로 이송했다.

한편 황건적 혼세천왕 번서가 진국성을 접수했다는 소식은 여러 경로를 통해 주변 여남과 영천 등지로 빠르게 퍼져 나갔다.

하의, 황소, 공도, 유벽 등 주변 황건적 두령들은 이 소식을 전해 듣고 깜짝 놀랐다.

이들은 약속이나 한 듯 탐마와 세작을 진국성에 보내 갑자기 나타난 새 황건적에 대해 암암리에 탐문하고, 자발적으로 번서에게 연락을 시도했다.

가장 먼저 연락을 취한 자는 공도였다. 공도는 이곳 황건적 중 세력이 가장 약해 여남에서 인구가 가장 적고 빈곤한 최동쪽에서 주로 활동했다.

번서의 출현을 세력 확장의 기회로 여긴 공도는 즉각 사자를 보내 함께 힘을 합쳐 여남과 영천을 제패하자고 제안했다. 이에 대해 도응은 공도에게 무리를 이끌고 진국으로 와 대책을 논의하자고 회답했다.

반면 하의와 황소는 비교적 신중했다. 번서가 왜 이곳에 왔는지 저의를 전혀 모르는 상황에서 무턱대고 마음을 터놓기는 어려워 먼저 사자를 보내 실정을 탐문했다.

이에 도응은 진국성 안에 장각 형제의 위패를 모셔놓고 황건적의 예로 사자를 환대한 후 자신들이 이곳에 온 이유를 설명했다.

자신들은 장보의 옛 부하로 장보가 패한 후 어쩔 수 없이 원소에게 투항했다가 기회를 엿봐 몰래 도망쳐 이곳 예주에까지 이르게 되었다고 말했다.

진국성을 취한 것은 잠시 몸을 맡길 곳을 찾기 위한 것으로 하의, 황소와 대적할 뜻이 전혀 없으니 함께 동맹을 맺고 관군에 대항하자고 제의했다.

도응의 자세한 해명과 함께 성안에 모신 장각 형제의 위패를 본 양측 사자는 크게 기뻐하며 도응의 말을 사실로 믿었다. 황소의 사자는 도응에게 사신을 자신 진영에 보내달라고 요청했다. 이에 도응은 흔쾌히 응낙한 후 고랑에게 예물을 가지고 영천으로 가 황소를 만나보라고 명했다.

반면 하의의 사자는 자신이 먼저 본진으로 돌아가 하의에게 이 뜻을 전한 후 답신을 주겠다고 대답했다.

도응은 이에 전혀 개의치 않고 사자에게 후한 상을 내린 다음 사람을 시켜 진국 국경까지 사신을 전송하게 했다. 그러고는 몰래 하의의 사신에게 척후병을 붙여 그의 뒤를 따라가 하의의 본거지를 알아내도록 했다.

황소에게 사신으로 갔던 고랑은 대엿새 만에 진국으로 돌아왔다. 그는 만면에 웃음을 띠고 도응에게 아뢰었다.

"공자님, 기뻐하십시오. 소인이 황소의 본거를 알아냈습니다요. 또 황소에게서 좋은 소식 하나를 가져왔습니다."

"그래? 황소의 본거지는 어디냐? 그리고 좋은 소식은 무엇이냐?"

"멀지 않습니다. 바로 여기, 정릉(定陵)입니다."

그러고는 지도 위의 정릉을 가리켰다. 도응이 자세히 보니 정릉은 진국성에서 약 260리 정도 떨어져 있고, 영천군 치소인 양적(陽翟)에서는 약 150리, 여남군 경계인 서평(西平)에서는 40리도 채 되지 않았다. 도망치기 편한 외진 지역이라 황건적 소굴로는 확실히 안성맞춤이었다.

이를 유심히 보던 노숙이 물었다.

"정릉이 바로 황소가 양식을 쌓아놓은 곳이 틀림없느냐?"

고랑이 득의양양한 표정으로 고개를 끄덕이고 가슴을 치며 말했다.

"확실합니다요. 소인이 다른 것은 몰라도 황건적에 대해서만은 빠삭하지 않습니까? 그곳에서 식량과 돈 냄새가 분명히 났습니다. 정릉 백성들은 황건적에게 모조리 죽임을 당해, 일부 황건적 가솔이 사는 곳 외에는 전부 식량과 돈을 쌓아두었습니다."

도응은 속으로 크게 기뻤지만 내색하지 않고 물었다.

"황소의 군대는 얼마나 되더냐? 또 네가 가져온 좋은 소식이란 무엇이냐?"

"황소의 군사는 대략 2, 3만 명 정도입니다만 대부분은 일반 농민들로 정릉성 밖에 주둔하고 있습니다. 주력군 3, 4천 정도가 정릉성 안에 주둔하고 있습죠. 그리고 좋은 소식은 황소가 진류군의 관군을 막아야 한다며 공자님께 원군을 요청했습니다."

"진류군의 관군이 황소를 소탕하러 나섰다고?"

"그렇습니다. 소인이 황소를 만나고 있을 때, 마침 영음(潁陰)에 파견된 세작이 왔더라고요. 그의 말에 따르면, 관군 부대가 남하해 황소를 토벌한다며 영음 관부에 길 안내자를 요구했다고 합니다. 그래서 황소가 공자님께 원군을 요청하며 관군을 막아내면 사후 후하게 사례하겠다고 말했습니다."

"그래, 진류군의 관병은 얼마나 되고 지금 어디에 있느냐? 또 언제쯤 정릉에 도착한다더냐?"

"그건… 소인도 잘 모르겠습니다. 소인이 아는 것은 황소가 공자님뿐만 아니라 유벽과 하의에게도 사자를 보내 구원을 요청했다는 것입니다."

곁에 있던 손관이 손뼉을 치며 소리쳤다.

"공자, 이건 절호의 기회입니다! 당장 출병해 황건적의 신임을 얻은 다음 관병과 황건적이 양패구상할 때까지 기다린다면 가만히 앉아서 두 마리 토끼를 잡을 수 있습니다."

노숙도 이에 찬동했다.

"공자, 손관의 말이 맞습니다. 이 기회를 절대 놓쳐서는 안 됩니다."

도웅도 이에 고개를 끄덕이며 큰소리로 외쳤다.

"제군들은 즉각 무기를 점검하고 정릉성으로 출발한다!"

도웅이 진국성에서 의기양양하게 기세를 드높일 때, 임영성

(臨潁城) 안의 한 인물은 번서가 진국성을 접수했다는 소식을 듣고 깊은 시름에 잠겼다.

이 번서라는 황건적은 대체 어디서 온 놈이기에 나타나자마 자 성 하나를 통째로 집어삼켰단 말인가? 그것도 치소를 그렇 게 빠른 시간에서 점령하는 것이 가능하단 말인가?

"주공, 너무 심려하지 마십시오. 기껏해야 모적 몇 명에, 용병 도 모르는 오합지졸이 무에 두렵겠습니까? 소장에게 군사 3천 만 주시면 닷새 안에 번서 놈의 목을 베 주공께 바치겠습니다."

당당하게 아뢰는 이는 바로 조홍이었고, 고민에 빠진 이는 다름 아닌 조조였다. 식량 문제를 해결하러 예주에 왔다가 왠 지 강적을 만난 것 같은 기분이 든 조조는 고개를 저었다.

"적을 얕잡아봐서는 안 된다. 번서라는 자가 무명소졸이라 고는 하나 하루도 안 돼 진국성을 점령했다는 것은 무략이 매 우 뛰어나다는 증거. 적정이 불명한데 함부로 공격했다간 위험에 빠질 가능성이 높다."

함께 출전한 곽가가 조조의 말에 고개를 끄덕이며 말했다.

"신이 보기에 아군의 공격력을 정릉에 집중하는 것이 옳을 듯합니다. 먼저 정릉을 취해 식량을 확보한 다음 번서의 허실 을 탐지하고 어찌 소탕할지 결정하시지요. 다만 황건적 사이 에 서로 연락을 취하고 있으니, 일지 정병을 소릉(召陵)에 보 내 번서가 황소를 구원하지 못하도록 막으십시오."

"봉효의 말이 내 뜻과 부합한다."

조조는 곽가의 말에 동의를 표하고는 큰소리로 장수 한 명을 불렀다.

"조순(曹純)은 명을 받들라!"

조순이 앞으로 나와 조조에게 공수하며 대답했다.

"말장, 대령했습니다."

"너는 1천 호표기 전원을 이끌고 소릉으로 가 적의 진출을 막아라. 만약 적이 이르지 않으면 그곳에 주둔하며 명을 기다려라. 황소가 동쪽으로 달아나든, 번서가 서쪽에서 진격하든 통격을 가해 한 놈도 빠짐없이 궤멸해야 한다!"

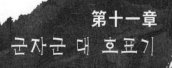

第十一章
군자군 대 호표기

　도응은 서성에게 진국성을 지키라고 명하고, 노숙, 손관 등과 함께 군사를 이끌고 출정했다. 군대의 구성은 군자군 천 명에 보병 4천으로, 군자군은 도응이 친히 통솔하고 보병은 모두 손관에게 맡겼다.

　관도를 따라 하루 정도 행군한 도응군은 마침내 여남 경내에 진입해 여양(汝陽) 현성에 이르렀다. 그런데 여양 현성은 전화로 성 전체가 파괴돼 사람의 그림자조차 보이지 않았다.

　성벽은 거의 다 허물어져 형체만 남았고, 온전한 가옥은 눈을 씻고 봐도 찾기 어려웠다. 길 안내자는 주위의 남돈(南頓),

정강(征羌), 서화(西華), 소릉 등도 이와 별다를 바 없다고 대수롭지 않게 말했다. 도응은 이런 처참한 광경을 목격하고 안타까움을 금치 못했다.

이런 감상을 뒤로한 채 도응 대군은 하룻밤을 휴식하고 계속 서쪽으로 전진했다.

이 일대가 비록 군자군이 활동하기에 적합한 평원 지대였지만 적진에 너무 깊숙이 들어온 탓에 도응과 노숙은 경계를 게을리 하지 않았다.

사방으로 척후 경기병을 보내 적의 매복 등을 살피며 조심스럽게 행군하는데, 정오가 막 지났을 즈음에 전방으로 갔던 경기병이 나는 듯이 달려왔다.

"전방 15리 밖에 관군 복장을 한 척후병이 눈에 띄는 것으로 보아 앞에 적의 부대가 있을 가능성이 높습니다, 공자."

도응은 급히 전군에 행군 중지 명령을 내리고 정찰병에게 이것저것 물었다.

"그 척후 부대는 무슨 깃발을 들었느냐? 보병이냐 기병이더냐? 무기는 어떠하고, 그들 눈에 띄지는 않았느냐?"

그 척후병은 망설임 없이 본 바를 조리 있게 설명했다.

"공자께 아룁니다. 적의 척후 부대는 흰색 바탕에 검은색 테두리가 있는 아기(牙旗)를 들었고, 전원 검은색 갑옷을 입은 기병이었습니다. 사병은 검은색 바탕에 흰색 철편을 박아 넣은 피갑을 입었고, 장수는 비늘 철갑에 둥근 철투구를 쓰고 무기는 긴 창과 함께 허리에 칼을 차고, 더불어 궁노도 있었습니다. 소인이 숲 속에 숨어 몰래 지켜봐 들키지는 않았습니다."

이 말에 노숙 등은 낯빛이 변할 정도로 깜짝 놀랐지만 도웅은 외려 흐뭇한 미소를 지었다. 흰색 바탕에 검은색 테두리가 있는 아기라면 조조의 전용 기치가 틀림없었다. 조조도 기근 문제를 해결하러 이곳에 내려온 것이 분명했다.

"군사, 척후병이 잘못 보지 않았다면 우리는 조아만(阿瞞)의 호표기를 만난 게 확실합니다."

아만은 조조의 아명으로 꾀가 많다고 붙여진 별명이다. 노숙이 정색하고 대답했다.

"공자, 웃을 일이 아닙니다. 호표기는 바로 조조 휘하의 제일 정예병입니다. 그들이 이곳에 나타났다면 조심하는 것이 상책이고, 용병에도 신중을 기해야 합니다."

"물론이오."

도웅은 고개를 끄덕이고 잠시 생각에 잠기더니 손관에게 명을 내렸다.

"손 장군은 보병을 지휘하여 이곳에 진을 치십시오. 방진을 구축해 적의 기습에 대비하시고요. 내 친히 군자군을 이끌고 앞으로 가 상황을 보고 오리다."

손관은 이처럼 강력한 군대와 대적하게 되었는데도 두려움을 보이지 않았다. 다만 약간의 불안감은 있었는지 도응에게 당부했다.

"공자, 조심하십시오. 상황이 여의치 않으면 즉각 철수하십시오. 말장이 목숨을 걸고 공자를 보호하겠습니다."

도응은 웃는 얼굴로 고개를 끄덕이더니 다시 한 번 손관에게 신신당부했다.

"꼭 명심하십시오. 명령이 떨어지기 전까지는 함부로 전전하거나 이동하지 말고 이 자리에서 명을 기다리십시오. 군자군의 전술이 다른 부대와 달라 보병과 발을 맞추기 어렵습니다."

이에 손관은 그 자리에서 즉시 병사들에게 방진을 구축하라고 명했다. 대장과 기동 병력은 진형 가운데 위치하고, 장창과 활을 든 병사들이 외곽으로 겹겹이 포진했다. 바깥쪽으로는 치중 수레를 연결하여 이동식 보루로 삼아 적의 기습에 대비했다.

한편 도응과 노숙은 군자군을 이끌고 수 리쯤 달려가 전원 안장과 나무 등자를 장착했다. 또한 군자군은 앞쪽에 2개 중기병, 뒤쪽에 3개 경기병이 포진한 기본 전투 대형을 이루고 말을 달려 전진했다.

20여 리쯤 달려 이미 폐허가 된 정강을 지나 소릉 부근에 이르렀을 때, 황건적 깃발을 든 군자군 앞에 과연 조조군 기치를 펄럭이는 대부대가 나타났다. 도응과 노숙은 앞에 출현한 적이 전원 기병인 것을 보고 눈이 휘둥그레졌다. 진짜로 호표기가 출전했단 말인가!

양군 사이의 거리가 점점 가까워지자 도응과 노숙은 척후병의 말이 거짓이 아니었음을 깨달았다.

앞에 있는 조조군 기병은 자신들이 생각한 것보다 장비가 훨씬 더 뛰어났고, 군사들이 내뿜는 살기는 적을 주눅 들게 하기에 충분했다.

이때 적진을 유심히 지켜보던 도기가 깜짝 놀라며 소리를 질렀다.

"저게 어떻게 가능하지? 형님, 저기 좀 보십시오. 적의 말에 등자가 달렸습니다!"

"등자라고?"

도기에 말에 놀란 도응 역시 적의 말을 세심히 살폈다. 그러더니 잠시 후 안도의 한숨을 내쉬었다. 알고 보니 적 기병에 장착된 것은 등자와 유사한 가죽 또는 천이었다.

이는 도응이 전에 손책을 속일 때 준 밧줄 등자와 비슷했다. 밧줄 등자보다 안전한 데다 말을 타고 내릴 때 편리하고 말에서 격투를 벌일 때 몸을 안정시켜 주는 역할을 했지만 이역시 안장에 딸린 장비에 불과했다.

이런 기병 부대를 처음 본 도기 역시 어리둥절해하며 중얼거렸다.

"앞의 저 부대는 대체 무슨 부대인 거야?"

"앞의 부대는 어느 군대요?"

의문이 들기는 마주한 호표기 대장 조순도 마찬가지였다. 앞에 나타난 황건적 기병은 비록 옷이 다 해지고 머리에 누런 두건을 둘렀으며 갑옷 역시 상대적으로 싼 피갑이었지만 무기만큼은 매우 우수했다.

병사들마다 고리칼을 들고 북방 흉노족이 즐겨 사용하는 단궁(短弓)을 멨으며 화살통에는 우전이 가득 담겨 있었다. 게다가 기병마다 갈아탈 말 한 필까지 가지고 있다니! 말이 귀한 조조군으로서는 상상하기 어려운 일이었다.

도웅과 조순이 모두 깜짝 놀랄 일은 좀 더 후에 일어났다.

양군의 거리가 점점 더 가까워지면서 자신들이 심혈을 기울여 훈련시킨 군대와 필적할 만큼 정연하기 짝이 없는 적의 대오를 발견했기 때문이다. 똑같이 5열 횡대로 늘어선 양쪽 군대는 사병과 사병 사이의 거리가 자로 잰 듯 가지런하여 한 치의 흐트러짐도 없었다. 또한 이들은 서로를 향해 하늘을 찌를 듯한 살기를 내뿜고 있었다.

이때 도웅이 팔을 크게 휘젓자 적의 반응을 떠보기 위해 친병 대장 이명이 앞으로 나와 칼을 휘두르며 큰소리로 외쳤다.

"나는 장각천조의 막장 이명이다! 어떤 놈이 나와 3백 합을 겨뤄보겠느냐?"

하지만 군자군이 즐겨 사용하는 이 유인 전술은 조순에게 먹히지 않았다. 냉정한 조순은 장수를 출전시키지도, 그렇다고 자신이 직접 출전하지도 않은 채 천천히 앞으로 걸어 나가 이명에게 호통을 쳤다.

"시간 낭비하지 마라! 호표기는 장수끼리 싸우지 않는다! 너희들은 어디서 온 군대냐? 주장은 나와서 내 물음에 답하라!"

이때 노숙이 도응에게 낮은 목소리로 속삭였다.

"공자, 이는 우리에게 절호의 기회입니다. 호표기 병사들의 장비가 우수하다고는 하나 지나치게 무겁고 갈아탈 전마도 없어서 장시간 말을 달리기 어렵기 때문에 아군 기사와는 상극입니다. 공자가 앞으로 나가 예전 방법대로 적을 격노케 한다면 조조의 한쪽 팔을 잘라 버릴 수 있습니다."

도응은 노숙의 말을 알아차리고 급히 얼굴에 숯을 묻히고 앞으로 나섰다.

"나는 혼세천왕 번서 대왕이다. 어떤 놈이 감히 나와 말을 섞으려고 하느냐?"

조순은 감정을 건드리는 이런 말에 전혀 동요하지 않고 도응에게 예를 갖춰 대답했다.

"그대가 번서 대왕이구려. 대명은 오래전부터 들었소이다. 본장의 이름은 조순으로 진동장군 조조공 휘하의 장수요."

조순이 어찌 있지도 않은 번서를 알랴마는 도응은 자못 당연하다는 듯 거드름을 피우며 물었다.

"조조라고? 그가 여기에 온 것인가? 내 전에 지공장군 휘하에 있을 때 그와 일면식이 있었지. 그땐 운이 없어서 그를 놓치긴 했지만 말이야. 이곳에 있다면 몇 년간 못 본 회포나 풀자고 전해주게나."

"주공께서는 지금 정릉에서 적을 공격하고 있소. 번 대왕도 곧 만날 수 있을 것이오. 내 주공의 혁혁한 위명은 익히 들었을 테고, 다행히 한 번 겨뤄봤다니 더 잘 알 것이오. 조공의 용병은 귀신과 같고 싸우면 이기지 못하는 전투가 없으니, 아군에게 대항하는 것은 달걀로 바위를 치는 것과 다를 바 없소! 한데 대왕은 어찌 무리를 이끌고 우리 주공에게 귀순해 부귀영화를 누리고 대대로 봉작을 누리려 하지 않는 것이오? 우리 주공은 인재를 목숨처럼 소중히 여기는 분이오!"

이 말에 도응은 순간 기름솥 사건이 떠오르며 입꼬리가 살짝 올라갔다. 하지만 이내 큰 웃음을 터뜨리고는 칼을 머리 위로 휘두르며 외쳤다.

"조아만, 필부 놈이 감히 나에게 투항을 권하다니! 예전 기주에서 내 공격에 놀라 혼비백산해 도망친 기억을 잊었단 말이냐? 네놈이 내 칼을 열 합만 받아낸다면 내 머리를 조아려 투항하겠다!"

"본장이 이미 말하지 않았소? 호표기는 장수끼리 싸우지 않는다고. 이는 무식한 필부 놈이나 좋아하는 짓이오."

조순은 고개를 저으며 대답하더니 돌연 목소리를 바꿔 채찍을 들고 큰소리로 외쳤다.

"호표기에게는 장기가 하나 있다. 그건 바로 돌격이다! 쳐라―!"

"와―!"

명이 떨어지자 조순 뒤에 있던 천여 호표기가 일제히 함성을 질렀다. 그 목소리가 마치 마른하늘에 내리치는 천둥소리와도 같았다.

호표기는 창을 곧추세우고 열을 맞춰 빠르고도 맹렬하게 군자군을 향해 돌진해 들어갔다. 육중한 말발굽 소리는 대지마저 뒤흔들었고, 그 기세는 나는 새도 떨어뜨릴 만큼 흉포했다.

"오냐, 이제야 오는구나!"

호표기가 돌격해 오자 도응이 재빨리 뒤로 빠지고 도기가 거느린 후위의 경기병 2백여 기가 말을 달려 앞으로 나오며 화살을 발사했다.

살촉이 바람을 가르며 호표기 장사들의 몸에 떨어졌지만 철갑은 쉽게 뚫리지 않았다. 다만 얼굴에 화살을 맞은 장사 10여 명이 비명을 지르고 말에서 떨어지며 호표기의 돌격 속도를 조금 늦추었을 뿐이다.

도기에 이어 연빈과 진덕이 이끄는 군자군 경기병도 일제히 앞으로 나와 화살을 발사해 다시 호표기 장사 20~30명을 말에서 떨어뜨렸다.

하지만 군자군도 더 이상 화살을 날릴 기회가 없었다. 장비가 우수하고 훈련이 잘된 호표기는 쏟아지는 화살을 뚫고 그대로 전진해나가 눈 깜짝할 사이에 군자군과의 거리가 백오십 보 안으로 좁혀졌다.

경기병 3개 부대가 화살을 쏘아 호표기를 타격하는 사이, 도응과 중기병 2개 부대는 이미 말머리를 돌려 달아나고 있었다.

호표기가 다가오자 군자군 경기병도 속히 말머리를 돌려 중기병을 엄호하며 달아났다.

군자군은 창설 이래 처음으로 맞닥뜨린 호적수 앞에서 식은땀을 흘렸다. 정신을 바짝 차리지 않으면 무슨 봉변을 당할지 알 수 없을 만큼 강력한 적이었다.

눈이 새하얗게 쌓인 여남 대지에서 이 시대 최고의 두 기병대가 규모는 작지만 격렬하기 이를 데 없는 기병전을 펼치고 있었다.

얇은 피갑을 걸친 군자군은 한편으로는 말을 짓쳐 미친 듯이 달아나면서 한편으로는 고개를 돌려 연신 화살을 쏘아댔다.

반면 호표기는 바싹 군자군의 뒤를 쫓아가며 한편으로는 날아오는 화살을 피하고 한편으로는 필사적으로 말을 몰아 거리를 좁혀갔다.

이들은 마치 황색과 흑색의 거센 물줄기처럼 백색 대지 위에서 파도치듯 말을 달렸다.

말발굽 소리와 활시위 소리, 함성 소리와 살촉이 바람을 가르는 소리가 한데 어우러져 소리가 십리 밖까지 울려 퍼지고 하늘로 곧장 치솟아 올랐다.

이때 도웅은 군자군에게 명해 도주 방향을 동북쪽으로 틀었다. 이대로 달아나다간 손관의 보병이 호표기와 마주치는 비극이 발생할 수 있었기 때문이다.

군자군의 공격이 효과를 전혀 발휘하지 못하는 것을 본 도웅은 신속히 명령을 내렸다.

"경기병은 사격 빈도를 가능한 한 낮추고 전속력으로 달아나라! 화살을 최대한 아껴라!"

조순 역시 재빨리 전술을 조정했다. 힘이 좋은 대완마를 탄 호표기는 순식간에 군자군과의 거리를 좁혔다. 군자군이 사정거리에 들어오자 조순은 기노수들에게 일제히 화살을 발사하라고 명했다. 이미 원시적인 등자를 갖추고 훈련이 잘된 호표기는 군자군을 향해 돌진하면서 화살을 발사해 군자군 10여 명을 말에서 떨어뜨렸다.

이 광경을 본 도응은 쓰라린 가슴을 안고 연이어 큰소리로 소리쳤다.

"경기병은 사격을 중지하고 전속력으로 달아나라! 빨리 적 화살의 사정거리에서 벗어나야 한다!"

군자군을 10여 명 죽였다고 하지만 조순은 화가 치밀어 오르는 감정을 주체하지 못했다.

군자군이 쏜 화살에 호표기 60여 명이 목숨을 잃고, 백 필에 가까운 전마가 길바닥에 나뒹굴었기 때문이다. 이에 조순은 저 번서라는 놈을 자기 손으로 찢어 죽이고 말리라 다짐하며 전속력으로 말을 달렸다.

조순은 분노한 목소리로 창으로 전방의 도응을 가리키며 벽력같은 소리로 외쳤다.

"죽여라! 저 번서 놈의 목을 베기 전에는 절대 공격을 멈추지 마라! 죽여라―!"

"와!"

호표기는 일제히 함성을 지르며 밀집 돌격 대형을 유지한 채 말을 짓쳐 달렸다.

군자군 역시 가지런히 대형을 갖추고 동북쪽을 향해 더욱 힘껏 말에 채찍질을 가했다.

강적을 만난 탓에 군자군은 전과 달리 공격을 위한 후퇴가 아니라 사력을 다해 도망치기 바빴다.

호표기는 고함을 지르며 달아나는 군자군을 맹렬히 추격했다. 물론 화살도 함께 날렸지만 속도가 빨라서인지 기마 자세가 불안정해 적중률은 그리 높지 않았다.

이에 군자군 사상자는 많지 않았다. 그런데 10리쯤 더 달렸을 때, 호표기의 전마가 과중한 장비의 무게를 이기지 못하고 달리는 속도가 점점 느려지기 시작했다.

양군 사이의 거리가 조금씩 더 벌어지자 정신없이 달아나기만 하던 군자군이 이를 눈치채고 다시 고개를 돌려 호표기를 향해 화살을 발사하기 시작했다.

화살이 양군 사이에 쉴 새 없이 날아다니면서 이를 피하지 못한 기병들은 외마디 비명을 지르며 말에서 떨어져 눈 위에 선혈을 흩뿌렸다. 눈이 하얗게 쌓인 여남 대지에서는 호표기가 군자군을 추격하는 가운데 필사적인 기사 대전이 벌어졌다.

쫓고 쫓기는 추격전이 전개되는 와중에 조순은 자신이 간과한 사실 하나를 깨달았다.

시간이 좀 더 흐르자 호표기 기병의 화살통에 준비한 화살 150개가 거의 다 떨어져 가고 있었던 것이다.

근접전이 전혀 불가능한 상황에서 유일한 무기는 화살뿐인데, 화살을 모두 소모하면 추격이 아무런 의미도 없었다. 게다가 호표기는 군자군과 달리 밀집대형을 이루고 있어서 화살에 맞는 빈도가 군자군보다 더 높았다.

호표기가 군자군을 20리 정도 추격해 들어갔을 때, 군자군은 이런 우세를 바탕으로 전세를 점점 역전시키기 시작했다.

이때까지 군자군 사상자는 40명 정도인데 반해, 호표기는 적어도 백 명 이상이 화살에 맞아 죽거나 부상을 입었다. 그러자 가지런했던 호표기 대오도 점점 어지러워지기 시작했다.

이 광경을 목격한 조순은 재빨리 냉정을 되찾았다. 계속해서 추격해 가다간 손실만 늘어날 것이라는 판단에 과감하게 추격 중지 명령을 내리고 대오를 정비했다.

그런데 호표기가 말고삐를 당겨 말을 멈추고 속히 귀대해 대오를 정비할 때, 조순의 눈이 휘둥그레지는 일이 발생했다.

방금 전까지만 해도 꽁무니를 빼기 바빴던 '황건적' 기병이 신속히 대오를 정비하고 말머리를 돌려 자신의 군대에게 화살을 쏘며 달려오고 있는 것이 아닌가.

사격 빈도는 아까보다 줄었지만 정면을 향해 달려오며 사격을 가했기 때문에 명중률은 훨씬 더 높았다.

특히 갑옷과 투구로 가리지 않은 얼굴과 사지, 전마로 날아오는 화살들 통에 호표기 병사들은 어찌할 바를 몰랐다. 다만 그 자리에서 화살을 날리며 필사적으로 반격에 나설 뿐이었다.

호표기 사병들이 아무리 훈련이 잘된 정예병이라고 하나 제자리에서 화살을 쏘며 기사전에 특화된 군자군을 당해내기는 어려웠다.

움직이는 표적을 맞혀야 하는 데다 화살마저 거의 동나자 마음만 더 다급해졌다. 시간이 지날수록 호표기의 피해가 급속도로 늘어나며 기병과 전마가 잇달아 화살에 맞아 쓰러졌다.

호표기가 속수무책으로 당하기만 하며 반 시진이 흐르자 그토록 냉정하고 침착하던 조순도 당황하기 시작했다.

그제야 천적을 만났다는 걸 깨달은 조순은 가만 앉아서 죽음을 기다릴 수는 없었기에 위험을 감수하고 전원 돌격 명령을 내렸다.

명령을 받은 호표기가 다시 한 번 군자군을 향해 돌진하자, 군자군은 여지없이 말머리를 돌려 달아나면서 연거푸 화살을 쏴 호표기에게 근접전의 기회를 전혀 주지 않았다.

이에 화가 머리끝까지 나 이마의 핏줄이 불끈 솟은 조순은 칼을 휘두르며 벽력같은 소리로 외쳤다.

"돌진하라! 저 쥐새끼 같은 놈들을 끝까지 쫓아가 도륙하라! 저놈들의 목을 베는 자에게는 큰 상을 내리겠다!"

이에 또다시 호표기가 군자군의 뒤를 쫓는 추격전이 전개되었다. 힘 한 번 제대로 써보지 못하고 당하기만 한 호표기는 이를 악물고 말을 짓쳐 달렸다. 같이 말을 달리던 옆의 동료가 죽어나갔지만 울분을 삼킨 채 꼭 저놈들의 목을 베 동료의 원수를 갚겠다는 마음뿐이었다.

그러나 이는 그들의 희망 사항일 뿐, 거리는 좀처럼 좁혀지지 않았다.

그렇게 5리를 더 추격했을 때, 안 그래도 지친 전마가 결국 과중한 무게를 이기지 못해 속도가 크게 떨어지고 말았다.

군자군의 모습이 시야에서 점점 더 멀어지자 조순은 하는 수 없이 추격 중지 명령을 내리고 대오를 정돈하며 전마에게 휴식을 주었다.

그때였다.

"와! 와! 와!"

호표기가 추격을 멈추자마자 군자군 기병은 다시 먹잇감을 사냥하는 들개처럼 함성과 구호를 외치며 적에게 달려들었다.

화살이 비 오듯 쏟아졌지만 남은 화살이 거의 없는 호표기의
반격은 군자군에게 타격을 주기에 역부족이었다.

그런데 군자군은 서주 사람들로 조직된 군대가 아닌가. 조
조가 부친의 죽음을 핑계로 서주 백성을 도륙하고 무덤을 파
헤친 일에 철천지한이 맺힌 이들이었다.

호표기의 공격이 무기력한 지금, 복수할 절호의 기회가 찾
아왔다.

군자군은 고양이 앞에 놓인 쥐를 다루듯 호표기를 철저히
유린하기 시작했다.

가득 메긴 화살을 악패듯 놓아 적이 흘린 선혈로 마음속
원한을 씻어냈다.

그중에서도 특히 분노한 이는 도응의 아우 도기였다. 일찍
이 사수 전투에 나갔다가 조조군에게 도륙당한 서주 백성의
시신이 산처럼 쌓이고 피는 강이 되어 흐르는 참상을 두 눈으
로 똑똑히 목격했다. 자신을 주체할 수 없을 정도로 흥분한
도기는 화살 한 발 한 발마다 온 정신을 집중해 백발백중으
로 적을 말에서 떨어뜨렸다. 적을 쓰러뜨릴 때마다 그의 입에
서는 분노와 기쁨의 외마디가 터져 나왔다.

반격할 힘을 잃은 상황에서 군자군의 무차별 사격에 호표
기의 사상자는 급속히 늘어났다. 당황해 안절부절못하던 조
순은 전군이 몰살당하는 최악의 상황을 막기 위해서 결국 철

수 명령을 내렸다.

"철수하라! 곧장 소릉으로 간다! 그곳에서 주력군과 합류한다!"

하지만 도망가기에는 이미 때가 늦었다. 호표기가 말머리를 돌려 달아나는 것을 본 군자군은 즉각 말을 채찍질해 미친 듯이 뒤를 쫓으며 계속 화살을 쏘아댔다. 이때 최후방에 있던 도응이 앞으로 달려 나오며 큰소리로 외쳤다.

"끝까지 추격해 호표기를 남김없이 죽여라! 조조에게 쓴맛을 보여줄 기회다! 가라!"

도응의 외침과 동시에 경기병이 사력을 다해 호표기의 후미까지 따라붙으며 화살을 끊임없이 발사했다. 전의를 상실해 그저 도망치기에 바쁜 호표기 장사들은 군자군의 화살에 하나하나씩 쓰러져 눈밭을 나뒹굴었다.

그렇게 20리를 더 추격하며 호표기를 마음껏 유린하던 군자군은 날이 어두워진 데다 적진 가까이까지 간 것을 알고, 적을 다 죽이지 못했다는 아쉬움을 뒤로한 채 추격을 중지했다.

이번 전투에서 호표기 대부분이 목숨을 잃었다. 기사회생이 불가능할 정도의 완벽한 참패였다.

호표기는 근접전과 돌파력에서는 타의 추종을 불허했지만 치고 빠지는 데 능한 군자군 앞에서는 속수무책일 수밖에 없었다.

뭐니 뭐니 해도 그들이 걸친 무거운 갑옷과 투구가 가장 큰 방해물이었다. 몸이 둔해져 운신의 폭이 좁았을 뿐 아니라 전마에 큰 부담을 주어 주력이 크게 떨어지는 역효과를 가져왔다.

나중에 달아날 때 갑옷이 거추장스럽다는 것을 깨닫고 갑옷, 투구를 모두 벗었지만 이미 전마는 체력을 크게 소모한 데다 지구력 하면 천하제일인 몽고마의 추격을 따돌리기에는 역부족이었다.

오히려 적에게 사격 적중률만 높여주는 비참한 결과를 맞이했다.

한편 군자군은 초반에 고전하긴 했지만 침착하게 자신들의 장기를 살려 삼국시대 최강으로 알려진 호표기를 대파하는 쾌승을 거두었다.

여기에 서주를 도륙당한 원한을 씻고, 값비싼 갑옷과 투구, 무기를 잔뜩 얻는 전과를 올렸다.

*　　　　*　　　　*

한편 군사를 이끌고 정릉성에 이른 조조는 황건적 황소의 부대를 보고 웃음이 절로 나왔다.

자신의 5천 정예병 앞에 모습을 드러낸 황소군은 기갑을 걸치지 않았고 손에 든 무기라곤 농기구와 죽창, 몽둥이가 다였으며 진용이 어수선하기 짝이 없었다. 숫자가 많다고는 하지만 일원 대장의 호통 한마디면 머리를 감싸고 죄 도망칠 분위기였다.

조조가 웃음을 짓고 있을 때, 오합지졸 뒤에서 갑자기 한 장수가 말을 몰아 달려 나오더니 긴 창을 휘두르며 외쳤다.

"나는 황소 대왕의 부원수다. 누가 나와 백 합을 겨뤄보겠느냐?"

조조가 채 대답도 하기 전에 전위가 쌍극(雙戟)을 들고 그 부원수에게 그대로 달려갔다.

두 장수가 싸운 지 삼 합도 되지 않아 전위가 대갈일성을 지르며 휘두른 창에 가슴을 찔린 부원수는 그대로 말에서 고꾸라져 땅바닥에 쓰러지더니 그 자리에서 비명횡사하고 말았다.

대장이 목숨을 잃자 오합지졸인 황건적 무리는 대오가 크게 어지러워지더니 뒤로 곧장 달아나기 시작했다. 이어 조조군 진영에서 총공격 북소리가 울리자 조조의 군사들은 함성을 지르며 이미 아수라장이 된 황건적을 향해 돌격해 들어갔다.

후위에 있던 주장 황소가 크게 놀라며 달아나자 대소 장령과 사병들도 뒤질세라 그의 뒤를 쫓았다.

전혀 싸울 마음이 없었던 황소군은 적이 이르기도 전에 앞다퉈 달아나려다가 자기편끼리 밟고 치이며 사상자가 무수히 나왔다.

조조군이 이 기회를 놓치지 않고 들이닥쳐 무 베듯 황소군을 도륙해 시체가 산을 이루었다.

전란 중에 황소는 2천 명도 안 되는 패잔병을 이끌고 정릉성 안으로 재빨리 도망쳐 성문을 굳게 걸어 잠갔다.

이에 성 안으로 들어가지 못한 황건적들이 성문을 열어달라고 애걸했지만 닫힌 성문은 꿈쩍도 하지 않았다. 이들은 추격해 온 조조군의 칼에 도륙을 당해 피가 들판에 가득하고 울음소리와 비명 소리가 하늘을 진동했다.

조조군이 황건적을 살육하는 사이, 조조는 신하들을 이끌고 정릉성 북문 밖 토산 정상에 올라 공성 계획을 준비했다.

정릉성의 방어 상태를 자세히 관찰하던 그는 자기도 모르게 다시 웃음이 나왔다. 흙을 다져 쌓은 이 성의 성벽은 여기저기 깨지고 높이가 낮아 공격 한 번이면 쉽게 무너뜨릴 것 같았다.

유일한 골칫거리는 성 앞에 놓인 해자였는데, 황건적의 시체로 해자를 메우면 건너가는 데 무리가 없어 보였다.

조조는 호탕하게 웃음을 터뜨린 후, 몸을 돌려 순유에게 물었다.

"공달, 공성에 필요한 운제거 두 대는 언제 준비될 수 있소?"

순유 역시 웃음을 지으며 대답했다.

"늦어도 반 시진이면 됩니다. 적이 일격도 견디지 못하고 무너지는 지금이 절호의 기회라고 생각돼 신이 주제넘게 우금 장군에게 치중을 호송해 남하해 달라고 요청해 놓았습니다."

"잘했소."

조조는 만족한 표정으로 고개를 끄덕인 후, 채찍으로 정릉성을 가리키며 소리쳤다.

"운제거가 도착하면 한 시진 안에 내 이 정릉성을 접수하리라!"

조조가 기쁨에 들떠 호기롭게 웃음을 짓고 있을 때, 머리는 산발을 하고 옷이 다 찢어진 장사 20여 명이 조조 앞에 달려와 방성대곡을 하기 시작했다.

자세히 보니 그중 한 명은 다름 아닌 자신의 종제이자 호표기 주장인 조순이었다!

"조순 장군?"

병색이 완연한 곽가가 조순을 알아보고 급히 물었다.

"조 장군, 무슨 일입니까? 그리고 대체 이 꼴은 뭡니까?"

조순은 목 놓아 울기만 할 뿐 부끄러워 곽가의 말에 아무런 대답도 하지 못했다. 다급해진 조조가 얼른 조순을 일으키더니 분노한 목소리로 소리쳤다.

"대체 왜 우는 것이냐? 무슨 일인지 속히 말해라! 그리고 호표기는 어디 있는 것이냐?"

"주공……."

조순은 차마 말을 꺼내지 못하고 울먹거렸다.

"말장… 말장을 죽여주십시오. 호표기는 전원 몰살당했습니다. 말장과… 장사 20여 명만 살아 돌아왔습니다……."

이 말에 조조는 머릿속이 새하얘지고 손이 부들부들 떨려 조순을 땅바닥에 내팽개쳤다. 조순은 감히 몸을 일으키지 못한 채 조조의 다리를 붙잡고 소리 내 울었다.

"주공, 말장을 죽여주십시오! 말장이 무능하여 주공께서 애지중지하시는 호표기를 모두 잃었습니다. 말장은 만 번 죽어마땅합니다! 말장을 군법으로 다스려 목을 베십시오!"

순유가 조순을 만류하며 말했다.

"청죄는 나중에 하고 일단 무슨 일인지 들어봅시다. 호표기가 전멸당하다뇨? 적의 매복을 만났습니까? 여남 일대는 허허벌판인데 적이 어디에 매복했답니까?"

목이 메어 말을 잇지 못하던 조순은 힘겹게 입을 열었다.

"말장은 매복을 만난 것이 아닙니다. 적과 정면 대결을 펼치다가 전군이 당한 것입니다."

"그게 어찌 가능하단 말이오?"

순유와 곽가가 깜짝 놀라 동시에 소리를 질렀다. 이어 순유가 다시 물었다.

"적군이 얼마나 됐습니까? 아군의 몇 배였습니까?"

"부끄럽지만 적과 말장의 병력은 천여 명으로 비슷했습니다. 만약 날이 어두워지지 않았다면 말장과 이 장사들도 목숨을 부지하지 못했을 것입니다."

순유와 곽가는 이 사실이 도무지 믿어지지 않아 말이 나오지 않았다.

호표기는 수만 조조군 중 정예 중에 정예를 뽑아 이룬 군대인데 병력이 대등한 적 기병에게 몰살을 당하다니? 게다가 개활지에서 정면 대결을 펼쳐 호표기를 누를 기병이 세상 어디에 있단 말인가?

입을 굳게 다물고 있던 조조가 떨리는 목소리로 물었다.

"그래, 그들은 어디서 온 적이냐? 얼마나 대단한 적이기에 내 호표기가 전멸을 당했단 말이냐?"

조순이 울면서 막 대답하려고 할 때, 산 아래에서 갑자기 경보가 울리며 척후병이 나는 듯이 달려와 동쪽에서 기병이 빠른 속도로 달려오고 있다고 보고했다.

조조와 곽가 등이 고개를 돌려 바라보자 과연 동쪽 눈 덮인 들판에서 먼지를 일으키며 천여 기병이 돌진해 오고 있었다.

　누런색 바탕에 회색 테두리가 있는 북두기(北斗旗)를 휘날리고, 전원 머리에 누런 두건을 두른 황건적이었다. 이어서 조순이 이 기병을 가리키며 큰소리로 외쳤다.

　"바로 저놈들입니다! 바로 저놈들이라고요! 황건적 번서의 기병입니다!"

　이 말에 조조는 이를 바드득 갈며 분노의 고함을 질러댔다.

　"번—서—! 네놈이 감히 내 호표기를 전멸시켰단 말이냐! 내, 네놈을 갈기갈기 찢어 죽이고 네놈의 뼈를 갈아 마시고 말리다—!"

第十二章
조조와의 첫 대결

　도응은 방금 전까지 호표기와 격전을 치렀지만 조조군이 이미 정릉성 공격에 나섰다는 소식을 듣고 서둘러 군자군을 이끌고 정릉성 가까이에 이르렀다. 여하튼 도응으로서는 황소군을 도와 조조군의 진공을 막아내는 것이 선결되어야 할 과제였다.

　조조가 얼마나 위험한 인물인지 도응은 누구보다 잘 알고 있었다.

　조조가 일단 발톱을 드러내 공격하면 얼마나 무시무시한 결과가 빚어지는지 똑똑히 알았기 때문에 도응은 한시도 지체할 수 없었다. 도응은 보병과 회합해 우전을 보충한 후, 보병에게는 뒤에서 천천히 따라오라 명하고 자신은 먼저 군자군을 이끌고 정탐에 나섰다.

정릉성 안에 몸을 숨긴 채 두려움에 떨며 숨죽이고 있던 황소군은 황건적 기치를 내건 군자군이 급히 달려오는 것을 보고 환호성을 내지르며 사기를 드높였다. 이에 조조군은 하는 수 없이 작전을 변경해 군대를 나눠 군자군을 맞이하러 나갔다. 또 호표기를 도륙한 원한을 씻기 위해 조조가 친히 군사를 이끌고 출전했다.

양군은 화살이 미치지 않을 거리만큼 떨어져 자리를 잡고 멈춰 섰다. 군자군은 전과 마찬가지로 5열 횡대로 늘어섰다. 2개 중기병이 앞에 서고, 3개 경기병 부대가 뒤에 위치해 활을 손에 쥐고 언제든지 기습을 가할 기회를 노렸다. 조조는 군자군의 대형이 느슨한 것을 보고 전혀 강하다는 느낌을 받지 못했다.

이에 자기도 모르게 화가 치밀어 곁에 있는 조순을 크게 꾸짖었다.

"고작 저 오합지졸에게 당했단 말이냐? 저런 엉성한 군대와 정면 대결을 펼쳐 호표기가 전멸했다는 게 말이 되느냔 말이다! 도대체 어떻게 용병을 했길래… 쓸모없는 놈!"

조순은 답답하고 억울한 마음에 급히 변명했다.

"주공, 저 대형을 얕봐서는 안 됩니다. 저 안에는 흉계가 숨어 있습니다. 저들은 다른 부대와 달리 정면 대결이나 근접전을 펼치지 않습니다. 공격하는 척하다가 일제히 달아나며 화살을 쏘아댑니다. 말장도 이런 군대는 처음 본지라 손쓸 틈도 없이 당하고 말았습니다."

"뭐? 달아나면서 활을 쏜다고? 기병 천 명이 질주하다가 몸을 돌려 화살을 쏘는 게 가능하단 말이냐?"

이 말에 조조는 깜짝 놀랐다. 만약 조순의 입에서 나온 말이 아니었다면 조조는 절대 이 사실을 믿지 않았을 것이다. 공포의 대상인 공손찬의 백마의종이라 해도 이렇게 기사에 뛰어난 고수가 있을지 의문이었다.

이때 도응이 가짜 수염을 붙이고 얼굴에 숯을 묻히고서 앞으로 나와 채찍을 휘두르며 조조에게 연신 욕을 퍼부었다. 조조는 왠지 낯이 익다는 인상을 받았지만 저자가 바로 혼세천왕 번서라는 조순의 말에 이내 발연대로했다. 조조는 당장 말을 몰아 출진해 채찍으로 도응을 가리키며 크게 호통쳤다.

"네놈은 나와 본래 아무 원한이 없거늘, 어찌 내 사졸들을 모두 죽였단 말이냐!"

도응은 일부러 거친 말투로 거들먹거리며 크게 외쳤다.

"필부 놈아, 이 혼세천왕 번서를 기억하지 못한단 말이냐? 옛날 내 지공장군 휘하에 있을 때 요행히 내 칼을 피하지 않았느냐! 오늘 네놈의 머리를 베어 지공장군의 원수를 갚고 하늘에 있는 천지인(天地人) 세 주공의 영령을 위로할 것이다!"

조조는 그제야 이자가 왜 눈에 익었는지 이유를 깨달았다. 하지만 이렇게 보통이 넘는 놈을 왜 기억하지 못했을까 하는 의문이 들기도 했다.

조조가 아무 대답도 없자 도응은 칼을 휘두르며 앞으로 나가 조조를 도발했다.

"필부 놈아, 베짱이 있다면 당장 나와 삼백 합을 겨뤄보자!"

격노한 조조는 뒤를 돌아보며 뭇 장수에게 큰소리로 외쳤다.

"누가 나를 대신해 저 도적놈의 수급을 가져오겠느냐?"

"말장이 가겠습니다!"

전위와 조홍이 일제히 대답하고 약속이나 한 듯 말을 몰아 앞으로 나왔다. 손에 쌍극을 든 전위와 큰 칼을 쥔 조홍은 기고만장해하는 도응을 향해 곧장 말을 짓쳐 달렸다.

"대왕, 닭 잡는 데 어찌 소 잡는 칼을 쓰려 하십니까? 말장이 대신 출전하겠습니다!"

이때 군자군 진영에서도 두 장수가 튀어나오며 외쳤다. 바로 친병 대장 이명과 진덕이었다.

무명잡졸이 출전한 것을 본 전위와 조홍은 콧방귀를 뀌며 그대로 이들을 향해 돌진했다. 이명과 진덕도 벽력같은 고함을 외치며 곧장 말을 짓쳐 달려 나갔다.

그런데 양군 장수들 사이의 거리가 채 오십 보도 남지 않았을 때, 이명과 진덕이 갑자기 무기를 버리고 말머리를 돌려 달아나면서 이구동성으로 외쳤다.

"쥐새끼 같은 놈들아, 오늘 내 특별히 목숨만 살려주겠다!"

전위와 조홍은 이 말에 격분을 금치 못하고 말에 채찍질을 가하며 급히 이 둘의 뒤를 좇았다.

그러나 이때 2개 중기병 뒤에 숨어 있던 군자군 경기병 2백여 명이 홀연 앞으로 달려 나와 조홍과 전위에게 일제히 화살을 발사했다. 순간 조조군 진영에서는 절망의 울부짖음이 메아리쳤다.

조홍과 전위는 비록 화살 몇 발을 맞았지만 손책이 그랬던 것처럼 재빨리 몸을 뒤집어 말 배 쪽으로 몸을 숨겼다. 그들이 탄 전마는 화살 수십 발을 맞고 그대로 바닥에 무릎을 굽히고 쓰러졌다. 그나마 조홍과 전위는 운이 좋게도 손책처럼 말 아래 깔리지는 않았다.

조조군의 반응도 매우 빨랐다. 조홍과 전위가 암전에 당한 것을 보자마자 그대로 달려가 나머지 군자군 경기병 부대가 화살을 쏘기 전에 재빨리 전위와 조홍을 구해냈다. 이에 군자군은 아예 밀집대형을 이루고 있는 조조군을 향해 비 오듯 화살을 날렸다.

순식간에 조조군 수십 명이 목숨을 잃자 도응은 다시 깃발을 흔들었다.

그러자 군자군은 일제히 말머리를 돌려 달아나며 추격해 오는 조조군과 일정한 거리를 유지한 채 장기인 달아나면서 화살 날리기를 시전했다.

가까스로 목숨을 건진 전위와 조홍을 보니 전위는 화살 네 발을 맞았고, 조홍은 화살 다섯 발을 맞았다. 그러나 다행히 치명적인 곳에 맞지 않아 부상은 그리 심각하지 않았다.

애장 전위와 조홍이 비열한 전술에 부상을 당하자 눈이 뒤집힌 조조는 크게 고함을 지르며 전군에 추격 명령을 내렸다.

그런데 이때 조순이 조조 말 앞에 무릎을 꿇고 눈물을 뿌리며 소리쳤다.

"주공, 절대 쫓아서는 안 됩니다. 아군은 절대 저놈들을 잡을 수 없습니다. 저놈들의 화살에 병사들만 희생될 뿐입니다. 즉각 출격 중지 명령을 내려주십시오!"

조조가 의아한 눈빛으로 조순을 바라본 다음 고개를 들어 전방 전장을 주시할 때였다. 놀랍게도 상황은 조순이 말한 그대로 진행되고 있는 것이 아닌가.

비겁한 번서란 놈은 근접전을 벌일 마음이 전혀 없는 듯, 기병을 이끌고 한편으로는 달아나며 한편으로는 몸을 돌려 화살을 날릴 뿐이었다.

조조의 보병이 전력을 다해 추격했지만 토끼보다 빠른 군자군을 따라잡기는 불가능했다. 더구나 그들의 화살에 사상자가 속출하며 피해가 크게 늘어나기만 했다.

이 광경을 목도한 조조는 급히 징을 쳐 철수 명령을 내렸다. 하지만 이어서 조조의 눈을 또다시 휘둥그레지게 만드는 일이 벌어졌다. 자신의 군대가 철수하자마자 달아나던 군자군이 즉각 말머리를 돌려 배후에서 화살을 쏘며 반격해 오는 것 아닌가.

그제야 조조는 호표기가 왜 전멸했는지 이유를 깨닫게 되었다. 이 거머리 같은 놈들에게서는 달아나려야 달아날 수가 없었던 것이다.

"주공, 속히 강노수를 배치하여 적병을 제압해야 합니다!"

순유가 큰소리로 건의하자 조조가 고개를 끄덕이고 서둘러 강노수를 앞에 배치했다. 이를 본 도응은 추격을 포기한 채 군대를 이끌고 그대로 달아나 버렸다.

가까스로 번서를 물러가게 했다고는 하나 병사들의 피해는 심각하기 짝이 없었다. 이각밖에 안 되는 짧은 시간 안에 무려 150여 명이 목숨을 잃고, 부상자는 2백 명을 훌쩍 넘었다.

그러나 전장 어디를 둘러봐도 적의 시체는 한 구도 찾아볼 수 없었다.

놀란 곽가는 기침이 더 잦아진 듯 보였다.

"이런 기병 전술은 예로부터 들어본 적이 없습니다. 이 번서라는 간적은 단순한 황건적이 아닐 가능성이 높습니다. 이 기병이 천 명에 그쳐서 다행이지, 만약 3천, 5천 명이었다면 우린 죽어서 장사 지낼 땅도 없었을 겁니다!"

순유 역시 침울한 목소리로 말했다.

"주공, 사졸들의 입을 단단히 단속하여 적군의 비밀이 새어나가지 않게 하십시오. 만약 이를 원소나 공손찬, 마등(馬騰) 등이 따라 배운다면 아군은 편할 날이 없을 것입니다."

조조는 고개를 끄덕이며 순유의 말이 심히 옳다고 여겼다. 조조는 이 정보를 숨기고 속히 이 기병 전술을 모방하리라 결심한 후, 음침한 얼굴로 말했다.

"세상이 곧 변할 것이야. 내 장담하지. 현재의 전술은 20년이 지나지 않아 번서의 이 전술에 의해 뒤바뀌게 될 것이야."

이에 곽가가 반박하며 말했다.

"주공은 어찌 그런 말씀을 하십니까? 신이 보기에 이 전술이 비록 새롭다고는 하나 적이 미처 대비하지 못하거나 방심할 때만 유용한 방법입니다. 이 전술은 강궁에 취약점을 지니고 있으니 강궁만 충분히 준비한다면 쉽게 물리칠 수 있습니다."

조조가 고개를 가로저은 후 진지하게 말했다.

"봉효, 이번에는 자네가 틀렸네. 내 보기에 이 적병들은 결코 강궁을 두려워하지 않았어. 다만 병사들이 다칠까 염려해 자진해서 물러간 것뿐이네. 강궁이 비록 사정거리가 멀고 강한 타격을 입힌다고는 하지만 강궁 한 발을 쏠 때 우전은 많으면 세 발 이상도 쏠 수 있네. 번서 놈이 희생을 감수하고 정면으로 돌격했다면 우리 강궁진은 틀림없이 패했을 것이야."

조조의 말에 곽가가 아연히 놀라자 순유가 조순에게 일렀다.

"조순 장군, 지금 그나마 시간이 좀 있으니 어제 싸움의 전후 과정을 소상히 말해주십시오. 그래야만 적을 깰 계책을 마련할 수 있습니다. 자세할수록 좋습니다."

조순은 어제의 끔찍한 악몽을 다시는 떠올리고 싶지 않았지만 마음을 가다듬고 천천히 입을 열었다.

하지만 이내 전멸한 부하들 생각에 가슴이 찢어지는 고통이 밀려들었다.

그는 억지로 괴로움을 참으며 어제 전투의 전후 경과를 처음부터 끝까지 자세히 설명하고, 자신이 어떻게 황건적의 마수에서 벗어났는지 이야기했다.

"…호표기가 갑옷과 무기까지 버리고 달아났지만 시종 황건적의 추격에서 벗어나지는 못했습니다. 황건적이 필사적으로 따라오는 통에 갑옷과 투구를 내던진 장사들은 오히려 쏘는

족족 화살에 맞아 말에서 떨어졌습죠. 몇 차례 대오를 멈추고 반격을 시도했지만 황건적은 군대를 둘로 나눠, 일군은 계속 추격에 나서고 일군은 옆으로 돌아 호표기의 전방을 가로막았습니다. 앞뒤로 포위당한 호표기는 적의 화살 공격에 속수무책으로 당할 수밖에 없었습니다. 결국 말장은 날이 어두컴컴해진 틈을 타 체력이 고갈된 전마를 버리고 숲 속으로 달아났습니다. 그제야 다행히 군자군의 추격에서 벗어나 이렇게 주공을 뵐 수 있었던 것입니다."

조순의 얘기를 다 들은 후 한동안 고개를 숙이고 생각에 잠겼던 조조가 조순에게 다시 물었다.

"어제 황건적이 너희를 얼마나 멀리 유인했고, 또 얼마나 너희를 쫓았느냐?"

조순은 한참 동안 기억을 더듬더니 어림잡아 대답했다.

"아군이 번서 놈을 한 40리 정도 추격했고, 나중에 번서가 아군을 추격한 거리는… 70리가 좀 안 되는 듯합니다. 맞습니다. 70리에 조금 못 미칩니다. 어제 말장이 언현(堰縣) 서쪽 숲으로 달아났으니 맞을 겁니다."

이 말에 조조의 낯빛이 크게 변하더니 깜짝 놀라 외쳤다.

"그렇다면 그놈들이 다섯 시진도 안 돼 110리를 달렸단 말이냐? 음, 그놈들에게는 하루 150리 행군도 우습단 얘기가 되는데……."

조순은 곰곰이 기억을 떠올리더니 고개를 끄덕이고 대답했다.

"그놈들 전마가 매우 특이했습니다. 지구력이 어쩌나 뛰어난지, 날이 어두워졌을 때 아군 전마는 쓰러지기 일보 직전이었는데 그 전마는 여전히 원기가 왕성해 속도가 전혀 줄지 않았습니다."

조조는 이를 악물고 탄식하며 말했다.

"아, 내가 운이 없나 보구나. 이번 여남, 영천 남정은 수포로 돌아가겠어. 이 간적 놈의 기동력이 상상을 초월할 정도로 뛰어나니 아군 치중과 양도를 끊는 건 손바닥 뒤집는 것보다 쉬울 것이야!"

"아뿔싸!"

조조의 이 말에 순유와 곽가는 돌연 얼굴빛이 변하며 이구동성으로 외쳤다.

"주공, 이 번서 놈이 다시 되돌아오지 않고 우금 장군의 치중 부대를 습격하면 큰일입니다!"

이 말에 조조는 발을 동동 굴렀다. 급하게 황소군을 쫓아 정릉까지 오느라 치중과 양식은 모두 북쪽 관도에 있었기 때문이다.

조조는 대경실색해 다급히 소리를 질렀다.

"빨리, 빨리, 징을 쳐 군대를 거둬들여라! 전군은 전속력으로 우금을 접응하러 간다!"

징이 울리자 이미 정릉성 공격 준비를 마치고 대기하고 있던 조조군 병사들이 서둘러 본대로 집결했다. 조조는 친히 대군을 이끌고 곧장 북쪽으로 향했다.

그런데 조조군이 4, 5리쯤 갔을 때, 북쪽에서 짙은 연기가 하늘로 치솟는 것이 보였다. 조조와 곽가 등은 가슴이 두근거리고 살이 떨려 급히 군사들을 재촉하고 말에 채찍질을 가했다.

부리나케 불이 난 현장으로 달려간 조조는 그만 손에 쥐고 있던 채찍을 떨어뜨리고 말았다.

새하얀 대지 곳곳에서는 치중 수레가 불타고 있었고, 사방에는 사병들의 시체가 널브러져 있었다. 또 많은 사병이 수레에 붙은 불을 끄고 부상당한 동료들을 옮기고 있었는데, 곡소리와 고함 소리가 귀에 끊이지 않았다. 그 참혹한 장면을 차마 눈뜨고 보기 어려웠다.

"주공, 말장을 죽여주십시오!"

얼굴이 연기로 잔뜩 그을린 우금은 화살을 세 방이나 맞은 몸을 비틀거리며 다가와 조조 앞에 무릎을 꿇고 죄를 청했다. 그는 바닥에 연신 머리를 찧으며 목 놓아 울며 말했다.

"주공, 방금 전 측면에서 황건적 기병대 하나가 출몰하여 말장이 군사를 거느리고 그들을 맞이하러 나갔습니다. 적장 하나가 싸움을 걸기에 말장이 부장을 출전시켰습니다. 그런데 단 일 합도 싸우지 않고 적장 놈이 무기를 버리고 본진으로 달아나는 것 아니겠습니까. 이에 부장이 그들을 추격했는데, 적병 가운데서 갑자기 수백 기가 달려 나와 일제히 화살을 발사해 부장을 그대로 쏘아 죽였습니다. 말장은 대로하여 군사를 이끌고 그대로 돌격했습죠. 그런데 이놈들이 싸웠다가 도망쳤다가를 반복해 말장을 멀리 유인하더니, 옆으로 돌아간 부대가 홀연 아군 치중대에 나타나 치중에 불을 붙이고 병사들을 도륙했습니다. 말장이 서둘러 돌아왔을 때는 이미 때가 늦었습니다……."

속에서 열불이 난 조조는 눈이 빨개져 크게 호통을 쳤다.

"군수를 수송하는 중임을 맡은 놈이 어찌 멋대로 치중대를 이탈할 수 있단 말이냐!"

"말장의 부장이 적에 기습에 목숨을 잃는 것을 보고 그만 화를 참지 못했다가 간적 놈의 계략에 떨어졌습니다. 주공께서는 마땅히 이 죄인을 벌하여 주십시오!"

조조는 우금의 몸에 화살이 세 개나 박힌 것을 보고 차마 더는 꾸짖지 못했다. 다만 군자군이 달아난 방향을 바라보며 성난 목소리로 울부짖었다.

"번서, 이 간적 놈아! 다음에 만난다면 절대 살려두지 않겠다!"

조조가 노해 울부짖고 있을 때, 도응은 이미 군자군을 이끌고 멀리 달아난 뒤였다. 단숨에 언현 일대까지 달려간 도응은 이곳에 주둔하며 명을 기다리고 있던 손관의 부대와 회합했다. 그는 손관을 보자마자 당장 명을 내렸다.

"중대, 지금 바로 정릉으로 가서 황소 무리와 합류하십시오."

손관이 반색을 하며 물었다.

"공자, 조적 놈을 벌써 격퇴한 것입니까?"

"그 큰 조조의 세력을 어찌 쉽게 물리칠 수 있겠습니까? 다만 조조의 치중과 공성 무기를 모두 불살라 버리고 진영을 교란해 놓았으니 단시간 내에는 정릉을 공격하기 어려울 것입니다. 이는 하늘이 내린 기회입니다. 내 바깥에서 엄호하며 조조 대군의 시간을 끌 테니 장군은 황소와 연락을 취하십시오. 그리고 한 가지 일만 성사시키면 됩니다. 황소가 정릉성 안의 양초를 모두 가지고 나와 진국성에서 조조와 결전을 벌이도록 설득하십시오."

"황소가 양초를 전부 진국성으로 가져오도록 설득하라고요?"

손관은 도응이 자신에게 이런 중요한 임무를 맡겼다는 데크게 기뻐했다. 하지만 양초를 뺏는 것이라면 몰라도 설득해서 자기 손으로 가지고 나오게 하라니? 손관은 웃음을 그치고 걱정된 말투로 물었다.

"공자, 그건 불가능하지 않습니까? 황소가 바보가 아닌 이상 쉬이 본거지를 버리고 양초와 치중을 우리 근거지로 옮기려 할까요?"

"충분히 가능합니다. 황소는 이미 조조의 공격에 간담이 서늘해졌습니다. 주력군 태반을 잃은 데다 정릉성마저 허술하여 조조 대군을 당해내기 어렵습니다. 장군이 성지가 견고한 진국성으로 옮겨 아군과 함께 조조에 대항하자고 하면 틀림없이 응낙할 것입니다."

그래도 손관은 걱정이 되었다.

"그건… 말장이 말주변이 없어서 일을 그르칠까 걱정입니다."

이때 노숙이 임무를 자청했다.

"공자, 신이 손 장군과 함께 가겠습니다. 공자가 밖에서 조조군을 견제하면 신과 손 장군이 양초와 치중을 진국성으로 옮기도록 설득하겠습니다."

도웅은 노숙이 같이 간다는 말에 안심하며 말했다.

"좋소. 군사가 간다니 마음이 놓이는구려. 그리고 황소를 설득할 좋은 방법이 하나 있습니다. 만약 그가 주저한다면……."

도웅은 여기까지 얘기하더니 목을 자르는 손짓을 해 보였다. 노숙과 손관은 말뜻을 알아차리고 즉각 명을 받았다.

*   *   *

갑자기 들이닥친 번서로 인해 조조군이 군대를 나누자 정릉성에 숨어 숨죽이고 있던 황소 패잔병은 기뻐 어쩔 줄 몰랐다.

그러나 원군도 즉각 철수하자 황소군은 번서가 조조군을 당해내지 못하고 퇴각했다는 생각에 실망감을 감추지 못했다. 그런데 마지막에는 조조군이 갑자기 북쪽으로 철수하는 것을 보고 도대체 무슨 일이 발생했는지 몰라 어리둥절해했다.

정릉으로 퇴각할 때 목숨을 걸고 황소를 보호한 한 황건 소장은 이유를 알아보기 위해 북쪽에 탐마를 보내자고 건의했다.

정탐을 나간 탐마는 얼마 지나지 않아 북쪽에 불이 났다는 소식을 가지고 돌아왔다. 황소군은 그제야 조조군이 퇴각한 이유를 알게 되었다. 이들은 다시 한 번 환호성을 지르며 얼굴은 전혀 모르지만 의협심을 발휘한 번서에게 크게 감사했다.

이들이 천당과 지옥을 오르내리는 사이, 번서의 보병이 마침내 정릉성 밖에 이르러 사자 고랑을 파견해 구두로 소식을 알려왔다. 군사를 이끌고 온 대장은 번서 대왕 휘하의 군사 노숙과 부원수 손관이니 성을 나와 맞이하라는 내용이었다.

이에 황소는 크게 기뻐하며 당장 성문을 열라 명하고, 직접 군사를 이끌고 성을 나가 노숙을 영접하려고 했다.

"대왕, 서두르지 마십시오."

이때 그 황건 소장이 앞으로 튀어나와 황소의 소매를 잡아끌며 말했다.

"저들이 좋은 뜻으로 온 것인지 확실치 않습니다. 이 번서 대왕의 군대는 겉으로 황건을 두르고 있지만 행군이나 전투에 빈틈이 없고 기율이 엄격해 여느 오합지졸과는 완전히 다릅니다. 그러니 이들의 저의를 자세히 알아본 후 행동을 취해도 늦지 않을 것입니다."

이 말에 황소는 기분이 상해 큰소리로 호통쳤다.

"어허, 번 대왕이 멀리서 구원을 왔는데 어찌 이리도 의심이 많단 말이냐? 그리고 번 대왕의 군대가 절대 오합지졸이 아니라는 말은 또 무슨 의미냐? 그럼 우리 군대는 오합지졸이란 말이냐?"

그 황건 소장은 잠자코 입을 다문 채 아무 말이 없었다. 황소도 더는 신경 쓰지 않고 그에게 성을 지키라고 명한 후, 부하들을 이끌고 정릉성 동문으로 나가 이미 밖에서 기다리고 있던 손관과 노숙 일행을 맞이했다.

반갑게 인사를 나눈 후 황소는 번 대왕이 오지 않은 이유를 물었다. 이에 손관이 북쪽의 조조를 견제하기 위해서라고 대답하자 황소는 또 한 번 크게 감격했다. 이어 황소는 손관과 노숙에게 정중하게 예를 갖추고 사례했다.

"손 원수, 노 군사, 정말 감사하오. 정릉성의 황건적 상하가 두 분과 번 대왕 덕분에 살았소이다. 본 대왕은 그저 감읍할 따름이오."

손관은 이 틈을 타 살짝 으름장을 놓았다.

"황 대왕, 아직 기뻐하긴 이릅니다. 우리 번 대왕께서 친히 출정하셨다고는 하나 조적의 세가 막강하고 병마가 강건한 탓에 얼마나 견제할 수 있을지는 확실히 모릅니다. 조적은 언제든 권토중래할 능력이 있는 자입니다."

조조에게 호되게 당한 적이 있는 황소가 깜짝 놀라며 물었다.

"조조의 양초와 치중이 이미 다 불탄 것 아닙니까?"

이때 노숙이 끼어들었다.

"시간이 너무 촉박해 다 불태우지는 못했습니다. 기껏해야 절반 정도입니다. 예상이 맞는다면 조조는 병마를 정돈한 후 반드시 남하해 황 대왕의 정릉을 공격할 것입니다. 이어 우리 번 대왕의 진국군, 여남의 하의 형제와 공도, 유벽 모두 겁난을 면하기 어렵습니다."

"그럼 조조가 우리 여남과 영천의 황건적을 일망타진하려 한다는 말입니까?"

"그렇습니다. 연주는 황해가 창궐해 심각한 기아에 허덕이고 있습니다. 이를 해결하기 위해서라도 수중에 양식을 가진 황건 대왕을 절대 놓아줄 리 없습니다. 따라서 황 대왕은 물론 우리 번 대왕도 조조의 마수에서 벗어나기 어렵습니다. 조조는 진국군의 양식이 우리 손에 떨어졌다는 걸 분명 알고 있기 때문입니다."

노숙의 말은 전부 사실이었다. 황소 역시 조조가 식량이 부족해 만만한 세력부터 손을 쓸 것이라는 사실을 모를 리 없었다. 이에 황소의 얼굴은 금세 흙빛으로 변했다. 곁에 있던 다른 황건 장수들도 조조와 교전을 벌이던 참상을 떠올리며 간담이 서늘해졌다.

노숙이 이들의 두려워하는 기색을 살피더니 말했다.

"황 대왕, 한 가지 사과드릴 일이 있습니다. 막강한 조조군 세력을 당해내기 어렵다는 생각에 우리 대왕께서는 진국으로 철수하기로 결정했습니다. 우리 주력 부대가 출전한 틈을 타 조조군이 식량을 노리고 진국성을 기습할까 염려하고 계시거

든요."

이 말에 황소는 손을 벌벌 떨며 다급히 물었다.

"번 대왕이 철수한다고요? 노 군사, 손 원수, 내 방금 전까지 번 대왕이 조조군 사병을 여럿 죽이고 조조의 양초와 치중을 불태운 것을 보았습니다. 이미 조조도 간담이 서늘해졌을 텐데 정릉성에서 같이 적을 막지 않고 왜 급히 철수하려 하십니까?"

황소는 여기까지 말하더니 서둘러 한 가지 제안을 했다.

"번 대왕의 양초와 군수라면 전혀 걱정하실 필요 없습니다. 본 대왕이 모든 걸 책임지겠습니다. 번 대왕 군사를 배불리 먹이고, 조적을 물리친 후에는 반드시 후하게 보답하겠습니다."

다른 황건 장수들 역시 같은 생각인지라 잇달아 한마디씩 하며 남아달라고 간청했다.

이에 노숙은 이들의 애간장을 더욱 태우며 말했다.

"대왕, 과찬이십니다. 솔직히 아군은 조조군의 상대가 되지 않습니다. 우리 대왕께서 조조군의 치중을 급습할 수 있었던 건 순전히 저들이 방비하지 않을 틈을 노렸기에 가능한 일이었습니다. 정면 대결을 펼친다면 아군은 끔찍한 결과를 초래할 것입니다. 따라서 가능한 한 빨리 진국성으로 철수해 성지를 견고히 쌓고 조조군에 대항하는 것이 최선입니다."

손관도 옆에서 거들었다.

"황 대왕, 우린 모두 황건군입니다. 정리상 당연히 대왕을 도와야 하지만 우리 주력 부대가 진국성을 너무 오래 비우면 조조에게 식량을 약탈당하는 결과를 초래하게 됩니다. 실례인 줄 압니다만 저희는 늦어도 내일 아침 철병할 예정입니다."

다급해진 황소는 이들의 바짓가랑이라도 부여잡고 싶은 심정이었다.

"아니, 아니 되오. 그러면 우린 어쩌란 말입니까?"

드디어 기회가 왔다고 여긴 노숙은 황소를 슬쩍 떠보았다.

"황 대왕, 이건 우리 대왕께서 물어보라고 한 일이긴 한데… 형제가 합심하면 예리함이 쇠붙이도 자를 수 있다고 하지 않습니까? 우린 황건 형제입니다. 하여 우리와 힘을 합쳐 함께 조조군에 대항할 마음이 있으신지요?"

이미 주도권을 빼앗긴 황소는 감격해 크게 소리를 질렀다.

"당연하지요. 번 대왕이 아군과 손잡길 원한다면 우리가 비록 이성 형제이지만 생사를 함께할 것을 맹세하오."

"황 대왕의 뜻이 정 그렇다면 우리 번 대왕의 뜻을 솔직히 말씀드리겠습니다. 우리와 연합해 적과 싸우고 싶다면 황 대왕께서는 본부 인마를 거느리고 우리를 따라 동진해 함께 진국성으로 들어가십시오. 진국성은 성지가 견고하고 양초가 충분합니다. 게다가 거수라는 천험의 강이 보호하고 있어서 지키기는 쉬워도 공격하기는 어렵습니다. 우리 양군이 성문을 걸어 잠그고 굳게 지킨다면 조조군은 양식이 떨어지거나 후방에 변고가 발생해 자연히 싸우지 않고도 물러갈 것입니다."

여기까지 말한 노숙은 격앙된 어조로 말을 이었다.

"황 대왕의 군대가 진국에 오면 물론 양초는 아군이 모두 책임지겠습니다. 현재 진국 5군의 양초는 모두 우리 수중에 있어서 양군이 족히 4개월은 넘게 버틸 수 있습니다."

"그건……."

이 말에 황소는 잠시 머뭇거렸다. 황소가 번서와 연합할 백 가지 이유가 있고, 또 노숙의 호의에 감격했다고 해도 함부로 수락하기에는 고려해야 할 문제가 있었다.

이때 손관이 언짢은 투로 말했다.

"혹시 우리가 황 대왕의 군대를 날름할까 걱정하는 것입니까? 어디 가서 물어보십시오. 나 손관이 열 명도 넘는 황건 부대와 손을 잡았지만 그런 적이 있었는지. 그리 걱정된다면 지금 이 말은 없었던 걸로 합시다."

황소는 급히 손을 내저으며 쓴웃음을 짓고 대답했다.

"손 원수, 그건 오해요. 그런 뜻이 아니외다. 내 어찌 의리 있는 그대들을 의심하겠습니까? 다만 한 가지 걱정이 있어서 그럽니다. 우리 양초와 치중이 모두 정릉성 안에 있는데, 내가 군사를 이끌고 진국으로 가면 조조 손에 떨어질까 걱정돼서 그럽니다."

노숙은 마치 그제야 알았다는 듯 짐짓 고개를 끄덕이며 말했다.

"아, 그 이유 때문이었군요. 황 대왕, 그것이 무슨 고민이라고 그러십니까? 아군 주력 부대가 이곳에 있으니 양초와 치중을 호위해 같이 진국까지 가져가면 그만 아닙니까?"

이 말에 황소의 얼굴색이 변하며 노숙에게 의문의 시선을 보냈다.

곁에 있던 황건 장수들 역시 서로의 얼굴을 바라보며 번서의 의도가 무엇인지 의심을 품기 시작했다.

노숙은 대체 무슨 문제냐는 듯 태연하게 물었다.

"황 대왕, 왜 그러십니까? 양군의 양초가 진국성에 집중돼 있으면 조조군에게 빼앗길 염려가 없을뿐더러 우리도 양초 걱정을 할 필요가 없어집니다. 절묘한 일거양득의 계책 아닙니까?"

황소가 여전히 아무 대답도 없자 손관이 짐짓 불쾌한 표정으로 말했다.

"우리에게 양식을 조금 나눠주는 것이 그리 아깝습니까? 그러시다면 우리도 사양하리다. 어쨌든 우리야 양식이 모자라지는 않으니까요."

그러더니 몸을 돌려 큰소리로 외쳤다.

"얘들아, 빨리 짐을 챙겨서 철수할 준비를 해라!"

손관이 데려온 낭야 군사들은 일제히 대답하고 잇달아 짐과 무기를 정리하며 철군 준비를 서둘렀다. 손관의 명령만 떨어지면 곧 철군할 태세였다.

"손 원수, 잠시만 기다리십시오!"

이때 다급해진 황소가 급히 손관을 제지하고는 울상을 짓고 말했다.

"나는 그리 인색한 사람이 아니오. 다만 양초와 치중이 너무 많아서 단시간에 옮기지 못할까 걱정이 되어 그럽니다."

노숙은 다 쓰러져가는 정릉성을 가리키며 황소에게 말했다.

"옮길 수 없어도 다 옮겨야죠. 너무 고깝게 듣진 마십시오. 평소에 성벽 수리에 신경 썼다면 이 지경까진 이르지 않았겠지요. 이 성벽으로 조조의 공격을 몇 번이나 막아내겠습니까? 이런 성벽은 우리 군대도 운제나 당거가 필요 없이 비교(飛橋)만 사용해도 단번에 접수할 수 있습니다."

황소는 고개를 돌려 다 허물어가는 성벽과 시체로 가득 메워진 해자를 바라보며 마음이 흔들리기 시작했다. 노숙은 이 틈을 놓치지 않았다.

"만약 우리가 대왕의 양초를 탐낸다고 여기신다면 지나친 기우입니다. 우리는 다만 대왕의 양초가 조조 손에 떨어질까 걱정일 따름입니다. 정 우릴 못 믿으시겠다면 조조에게 빼앗기든, 누구에게 빼앗기든 마음대로 하십시오."

황건 장수들은 노숙의 말이 일리가 있다고 여겨 잇달아 황소에게 귓속말로 노숙의 제안을 받아들이라고 권했다.

조조군이 물러나면 번서에게 보답으로 식량 일부를 내주는 것이 조조군에게 약탈당하는 것보다는 훨씬 낫지 않겠는가.

모든 부하들이 한목소리를 내자 황소도 마침내 결정을 내렸다.

"좋소이다. 내 대오를 거느리고 양초와 치중을 싣고서 진국성으로 이동하겠소. 다만 가는 길에 그대들이 아군의 식량을 꼭 지켜주길 바라오."

노숙은 속으로 쾌재를 부르며 웃으면서 대답했다.

"여부가 있겠습니까. 우리가 반드시 지켜 드리겠습니다. 귀군의 양초가 조적 놈 손에 떨어진다면 이는 귀군의 불행만이 아니라 우리 모두의 불행입니다."

번서가 과연 믿을 만한 사람인지 걱정됐지만 황소로서는 다른 선택의 여지가 없어 울며 겨자 먹기로 노숙의 요구를 받아들였다.

어떻게 모은 양초와 금백인데 똑같은 방법으로 조조에게
다 빼앗길 수는 없지 않은가?

그는 정릉성에 앉아서 죽음을 기다리느니 차라리 우군을
믿어보기로 했다.

『전공 삼국지』 4권에 계속…

초대형 24시 만화방

신간 100%, 샤워실, 흡연실, 수면실(침대석), 커플석, 세탁기 완비

■ 일산 정발산역점 ■

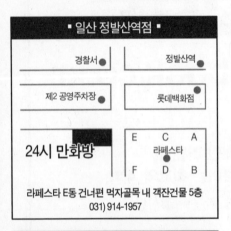

라페스타 E동 건너편 먹자골목 내 객잔건물 5층
031) 914-1957

■ 강북 노원역점 ■

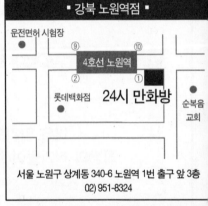

서울 노원구 상계동 340-6 노원역 1번 출구 앞 3층
02) 951-8324

■ 부천 역곡역점 ■

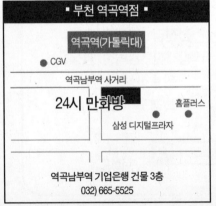

역곡남부역 기업은행 건물 3층
032) 665-5525

■ 부평역점 ■

(구) 진선미 예식장 뒤 보스나이트 건물 10층
032) 522-2871

내일을 향해 쏴라

김형석 장편 소설

FUSION FANTASTIC STORY

1만 시간의 법칙!
'성공은 1만 시간의 노력이 만든다' 는 뜻이다.

그러나…
사회복지학과 복학생 수.
전공 실습으로 나간 호스피스 병동에서
미지와 조우하다.

1만 시간의 법칙?
아니, 1분의 법칙!

전무후무한 능력이 수에게 강림하다!
맨주먹 하나로 시작한 수의
인생역전이 시작된다!

Book Publishing CHUNGEORAM

유행이 아닌 자유추구—
WWW.chungeoram.com

월야환담

채월야 · 홍정훈 장편 소설

"미친 달의 세계에 온 것을 환영한다!"

서울을 중심으로 펼쳐지는 뱀파이어, 그리고 뱀파이어 사냥꾼들의 이야기!
한국형 판타지의 신화, 월야환담 시리즈 애장판
그 첫 번째 채월야!

Book Publishing CHUNGEORAM

유행이 아닌 자유추구 -
WWW.chungeoram.com

박선우 장편 소설
FUSION FANTASTIC STORY

PERFECT GAME 퍼펙트 게임

고통과 좌절의 시간들을 뛰어넘어
불사조처럼 일어나 세계를 제패한 사나이의 일대기.

대한민국을 넘어 메이저리그를 평정하며
명예의 전당에 헌정된 언터처블 투수, 이강찬.

강철 같은 어깨에서 뿜어져 나오는 그의 패스트볼은
무적이었으며 야구계에 길이 남을 **신화**였다.

야구만을 사랑했던 고독한 사나이.
그의 **퍼펙트게임**이 이제 시작된다!

가프 장편 소설

관상왕의
1번룸

FUSION FANTASTIC STORY

거대한 도시의 그늘에서 벌어지는
짜릿하고 통쾌한 이야기!

『관상왕의 1번룸』

텐프로의 진상 처리 담당. 홍 부장.
절망적인 삶의 끝에서 만난 남국의 바다는
그를 새로운 인생으로 인도하는데……

쾌락을 원하는 거부, 성공에 목마른 사업가,
그리고 실패로 절망한 사람들이여.

여기, 관상왕의 1번룸으로 오라!

Book Publishing CHUNGEORAM

유행이 아닌 자유추구 -
WWW.chungeoram.com